聞き耳幻八 暴き屋侍
美女番付

吉田雄亮

JN148540

コスミック・時代文庫

この作品は二〇〇七年十一月に刊行された『聞き耳幻八浮世鏡　傾城番附』（双葉文庫）を改題し、大幅に加筆修正を加えたものです。

目次

第一章　江府《こうふ》ノ品《しな》

一

仲蔵《なかぞう》は足をふらつかせ、川辺に立つ柳の木の根元にしゃがみ込んだ。

大島川《おおしまがわ》の川面へ顔を突き出す。

込み上げてきた吐き気に、我慢しきれなくなったのだ。

その眼前に、下から突き出されたものがあった。

酔眼を凝らした。

五本の指の形からみて、どうやら人の手らしい。どす黒いものが、縞模様を描いていた。

見極めようと、仲蔵は、さらに顔を近づけた。

突然……。

それが、仲蔵の顔をつかんだ。

なま暖かい、半乾きの、ねっとりとした感触が頬をとらえていた。

それが、乾きかけた血だとさとったとき、仲蔵は、絹を裂くような、甲高《かんだか》い声を上げていた。

「なんでえ。いい歳《とし》こいて小娘みてえに派手な金切り声をだしやがって」

背後から声をかける者があった。少し離れて様子をうかがっていた、聞き耳幻八こと朝比奈《あさひな》幻八《げんぱち》である。

「離せ。離してくれ」

悲鳴に似た声で仲蔵が喘いだ。

「情けねえ。読売の板元《はんもと》玉泉堂《ぎょくせんどう》の主人《あるじ》、仲蔵さまの名がすたるぜ」

躰《からだ》を小刻みに震わせ、もがいている仲蔵を、目を細めて凝《じ》っと見つめた。

「次に出す『江戸の美女番付』との外題《げだい》の読売。番付に選び出す女どもの品定めをしながら、いい気持で呑みすぎた酒が災《わざわ》いのもとよ。悪酔いして、変な夢でも見てるんじゃねえのか」

こちらも、したたかに酔っているらしく。千鳥足で近寄っていった。

「たすけて、くだされ。おたすけ」

かすれた声が、どこからともなく聞こえた。

「ん?……」

足を止めた幻八が、小首を傾《かし》げて耳をすました。

大島川の水音だけが、やけに大きく聞こえてくる。

幻八が、ふうっ、と息を吐き捨てた。

「聞き耳立てた幻八さまの、いまのお耳は空耳か、とくらあ」

ういっ、とよろけたそのとき、たしかに、それは聞こえた。

「たすけて、くだされ。おたすけ、くだされ」

その声にかぶって、仲蔵のさらに大きな悲鳴が上がった。

幻八が、川岸へ向かって走った。

尻餅をついたまま後退《あとずさ》ったのか、仲蔵が、柳の木に背をもたせかけ、震える手で土手下を指差している。

駆け寄った幻八が、岸辺を見下ろした。

「どうやら、幽霊じゃねえようだな」

汀《みぎわ》の窪みに、五十代半ば、白髪まじりの馬面《うまづら》の武士がへたりこんでいた。やけに顎が長い。左の肩口から袈裟《けさ》懸《が》けに一太刀受けたらしく、血塗れとなっている。

流れ出た血のわりには、動きからみて、さほどの深手とはおもえなかった。急所も外れているようだ。

「このまま、うっちゃっとくわけにもいかねえな」

呟《つぶや》きながら、幻八は岸辺に降り立った。

武士を抱き起こし、躰を支えて通りへもどった。

酔いが一気に覚めたのか、立ち上がっていた仲蔵が青い顔をして近寄り、手を貸した。

「かたじけない。拙者は望佗藩《もうだはん》江戸家老若林《わかばやし》頼母《たのも》。面倒ついでに、江戸屋敷まで連れていっていただきたい。武士の情け、お願い申す。江戸屋敷は小名木川《おなぎがわ》沿い、さほどの距離ではござらぬ」

「どうしたもんかね」

仲蔵の顔に、

「面倒は御免」

と書いてあった。

「けっ、薄情な野郎だ。『窮鳥懐に入れば猟師これを殺さず』と顔氏家訓《がんしかくん》省事《しょうじ》にもあるぜ」

「いつから人相観《にんそうみ》になったんだ。わたしは、これでも人一倍情の濃い男だぜ」

「そうかい、そうかい。情け深い仲蔵さんよ、怪我人を背負ってくんな。歩くのもつらそうだからな」

「そいつは、ご勘弁願いてえな。私は力仕事には不向きにできてるんだ」

「どうやら、我が儘《まま》はいえなくなったみたいだぜ。見な」

幻八が顎をしゃくった先に、

「いたぞ」

「今度は、逃さぬ」

わめきながら、挟み撃ちするかのように二方から駆け寄る、黒の強盗頭巾《がんとうずきん》で顔を隠した十数人の浪人たちの姿があった。

半円を描いて幻八たちを取り囲んだ浪人たちの頭格が一歩前に出て告げた。

「そやつを渡していただこう」

「渡さぬ、といったら」

「怪我をすることになる。いや、命をなくすことになるかもしれぬ」

「たいそうな物言いだな。この世には、怪我をする方を選ぶ、へそ曲がりもいるってことを知らねえようだな」

ぺっ、と幻八が唾を吐き捨てた。

「止めたほうが。多勢に無勢、どうみたって勝ち目はねえ」

「邪険なことをいいなさんな。どうやら、こいつらを呼び寄せたのは、仲蔵さん、あんたが先刻あげた、あの、情けねえ悲鳴だとおもうがな」

「そんなこたあ……」

ねえ、とはいいきれずに顔をしかめた仲蔵に、さらにしがみついて若林頼母が懇願した。

「たすけて。おたすけくだされ」

泣き声に似ていた。

強盗頭巾たちが、一斉に刀を抜き連れた。

「仲蔵さん、柳の木の後ろに身を置きな。一歩も動くんじゃねえぜ」

「そうするよりなさそうだな」

若林頼母を支えて、仲蔵が後退った。

じりっ、と半歩、強盗頭巾たちが間合いを詰めた。

「それ以上、近寄るんじゃねえ」

幻八は、大刀を抜き放ち、右八双に構えた。

「売られた喧嘩だ。かかってきたら、怪我だけですますつもりは毛頭ないぜ」

浮かした不敵な笑みにつられるように、右端の強盗頭巾が斬りかかって来た。半身捻《ひね》ってかわした幻八の一刀が、袈裟懸けに肩口を斬り裂いていた。返す刀でつづいて打ち込んできた、別の強盗頭巾の脇腹を断ち割る。

朱に染まって、ふたりの強盗頭巾が相次いで地に倒れ伏した。激痛にのたうっている。

「おのれ」

吠えた強盗頭巾が大上段から挑みかかった。大刀の鎬《しのぎ》で刀を受けた幻八が、刀身を滑らせて、喉元へ切っ先を突き立てた。

断末魔の呻《うめ》きを発した強盗頭巾が、激しく痙攣し、刀が引き抜かれるや崩れるように倒れ込んだ。

「飲み過ぎて気分が悪いんだ。これ以上、つづける気はねえ。けどよ。かかってきたら片っ端から斬り殺すぜ」

眦《まなじり》を決した幻八が、強盗頭巾たちを睨みつけた。

気迫に圧されて強盗頭巾たちが後退った。

「どうするんだ。にらめっこをする気はねえ。やるのか、やらねえのか、はっきりしろ。来ないんなら、おれから仕掛けるぜ」

ぐい、と半歩踏み出した。

「引け」

頭格が声高にいった。強盗頭巾たちが一斉にかけ去っていく。頭格が幻八に警戒の視線を注《そそ》ぎながら後につづいた。

その姿が町家の向こうに消えたのを見届けたあと、路上に倒れ伏した強盗頭巾たちに視線を流して幻八が吐き捨てた。

「斬られた仲間たちを見捨てていくとは、あきれかえった奴らだ」

仲蔵と若林頼母を振り返っていった。

「仲蔵さんよ、早いとこ怪我人を江戸屋敷へ送ってゆこうぜ。あいつらが加勢を連れてもどって来るかもしれねえ」

幻八は大刀を振って血糊を払い、ゆっくりと鞘におさめてつづけた。

「早く怪我人を背負いな。おれは、派手な剣の舞を演じたばかりで少々疲れ気味だ。これ以上の力仕事は御免だぜ」

仲蔵が露骨に、うんざりした表情を浮かべた。

「……ついてねえや。わたしにおぶさりな」

若林頼母に背中を向けて膝をついた。

二

望佗藩の江戸屋敷は、小名木川にかかる高橋《たかばし》の近くにあった。

若林頼母は、さすがに藩主不在の折り、藩邸を仕切る任をになった江戸家老であった。江戸屋敷が間近になったあたりで仲蔵に告げた。

「下ろしてくだされ。これより、おのれの足でまいりまする」

「無理はよしな。おぶってってやるよ」

「いや、歩かせてくだされ。歩かねばならぬのだ」

「……どうしたもんかね」

仲蔵が困惑した眼差《まなざ》しを幻八に向けた。

「歩かせてやりな。武士には、それぞれの立場で、いろいろあってな。死に物狂いで虚勢を張らなきゃならないときがあるのさ」

「武士の情け、かたじけない」

若林頼母が幻八にかすかに頭を下げた。

「下ろすぜ」

仲蔵が膝を折った。

足を地につけて踏ん張った若林頼母が、ふらり、とよろけた。

「危ねえ」

幻八が、あわてて若林頼母の腰を支えた。

「すまぬ。もしふらつくようなら目立たぬように支えてくだされ」

「そううまくいくともおもえねえが」

「うまくやってくだされ。お頼みもうす」

「頼まれてもなあ……」

「ぜひにも、お願いいたす」

幻八を見返った若林頼母の目に必死なものがあった。

「……ま、できるかぎりやってみよう。あまり自信はないがな」

「ご造作《ぞうさ》をかける」

わずかに会釈をし、口をへの字に結んだ。

歩きだす。

若林頼母の背中にぴたりと寄り添った幻八に、一歩遅れて仲蔵がつづいた。

江戸屋敷の表門の前で足を止めた若林頼母は、大きく息を吸い込んだ。

表門の潜り門に歩み寄り、門番詰め所の出窓脇に躰を置いた。その位置だと、詰め所の中からは若林頼母の様子がはっきりとはうかがえない。

再び、大きく深呼吸をして呼び掛けた。

「門番、わしだ。若林頼母だ」

門番詰め所の障子が中から開けられ、門番が顔をのぞかせた。

「すぐにも潜り門を」

若林頼母の顔をあらためるや、あわてて障子を閉めた。詰め所の出入り口の引き戸を開ける音がひびき、まもなく潜り門の扉が開かれた。

「ふたりは、わしの連れだ。怪しいものではない」

幻八たちに訝しげな視線を走らせた門番に、有無を云わせず告げた。なおも不審な目を向ける門番の動きを封じるようにつづけた。

「何かと世話をかけた。何もないが、まずは拙宅でゆるりと過ごしてくだされ。遠慮はいらぬ。ずいと入られよ」

さりげなく幻八の手を取り、引っ張る素振りをしてみせた。

よろける。

身を寄せた幻八は、若林頼母の腰に手をあて支えた。平静を装ってはいるが体力が限界に達しているのだろう。

「酔って土手下へ転げ落ちた。岩にしたたかに躰をうちつけ怪我してしもうた。医者を呼んでくれ。町医者でいい。深更のこと、藩医に造作をかけるわけにはいかぬ。急ぎ頼むぞ」

「は」

一礼した門番は詰め所に控える別の門番に
「ご家老の急ぎの用で他出する。小半刻のうちに戻る」

告げるなり、潜り門から出ていった。若林頼母に両側から寄り添った幻八と仲蔵は、ゆっくりと歩みをすすめた。


若林頼母の住まいは江戸屋敷の一角にあった。塀沿いに位置する瀟洒な離れ家といった風情の屋敷だった。

声をかけることもなく、若林頼母は式台から上がり込み、支えた幻八と仲蔵ともども一気に奥へすすんだ。

奥の座敷が若林頼母の寝間だった。入るなり、若林頼母がいった。

「すまぬが、肩の傷口があたらぬよう柱に背をもたせかけて、座らせてくださ
れ」
「注文の多いお人だ。仲蔵さん、できるだけ優しくな」
うなずいた仲蔵が幻八と呼吸を合わせるようにして、床の間の柱の前に、若林
頼母の腰をおろさせた。
畳に腰を落としたとき、かすかに呻いて顔を顰《しか》めた若林頼母に声がかかった。
「その傷は、如何なさいました」
幻八が振り向くと、武家娘が開け放した襖の向こうに立っていた。年の頃は二
十歳少し前といったところか。はっきりした目鼻立ちの、瓜実顔《うりざねがお》の美形であった。
勝ち気さが顔に出ている。不思議なのは、この夜更《よふ》けだというのに寝衣《ねまき》に着替え
ていないことだった。
「千浪《ちなみ》か。心配はいらぬ」
かけよった千浪が、幻八たちに視線を走らせて問うた。
「このお方たちは？」
「危ういところを助けていただいた命の恩人じゃ。おまえからも礼をいってく
れ」

「父上の難儀、よう救うてくださいました。感謝にたえませぬ」

千浪が、幻八と仲蔵を振り向いて深々と頭を下げた。

「ところで、まだ、名前を聞いていなかったが……」

問うた若林頼母に仲蔵が応えた。

「わたしは仲蔵。こちらは」

幻八がことばを重ねた。

「朝比奈幻八。親代々、浪々の身の上でな。読売の文言書きを生業《なりわい》としている」

仲蔵が訝《いぶか》しげな目を向けた。幻八は、微禄だが将軍家直下の、れっきとした御家人なのだ。

無視して幻八がつづけた。

「仲蔵さんは玉泉堂という読売板元の主人でな。俺の雇い主でもある」

「ほう。読売の板元の主に文言書き殿でござるか」

若林頼母の顔に、わずかだが困惑が浮いたのを幻八は見逃さなかった。その変容に仲蔵も気づいていた。同時に、幻八がなぜ素浪人と名乗ったか、その理由も察していた。

諸大名の家臣と旗本、御家人の間には、陪審と直参という身分上、微妙な確執があった。表面にこそ出さないが、敵対関係にある、といっても過言ではない大きな溝が両者には存在した。幻八は咄嗟《とっさ》の知恵で、面倒を避けるべく親代々の浪人と名乗ったのだ。

「父上」

千浪の声にも、とまどいがあった。

「気にすることはない。お二人とも、わしが辻斬りに襲われたことを口外なさることは決してあるまい。でなければ、読売の板元と文言書きなどと名乗られは必ぬ」

「このていどのことじゃ、読売のたねにはなりませんや」

仲蔵がいった。

うむ、とうなずいた若林頼母が生真面目な顔つきになり、

「ところで朝比奈殿、折り入って頼みたいことがあるのだが」

「頼み？」

「わしの用心棒になってくださらぬか」

「そいつは、お断りだ。自由気ままな浪人暮らしが身についてるんでね。たとえわずかの間でも人に縛られるのは御免蒙《こうむ》りたいのさ」

「そうか。朝比奈殿の剣は天下無敵と見込んでの頼みなのだが……」

しばし首を傾げていたが、

「今夜一晩だけでもお願いしたい。さきほどの奴らが襲ってくるやもしれぬ」

「それは、ないだろうよ。辻斬りなんだろう。通りすがりの、あのときだけのことさ」

幻八が応えた。

「なにとぞ今夜一晩。用心棒代ははずみますすゆえ」

懐から銭入れを取りだし開いた。

「はだかで失礼だが、用心棒代、先払いいたす。これは朝比奈殿、これは仲蔵殿へ」

小判一枚ずつを、幻八と仲蔵の前に置いた。

「今夜一晩だけでいいんだね」

仲蔵が問いかけた。その目は小判に釘付けになっている。

「ご承知くださるな」

仲蔵から目線をそらさず、若林頼母が念を押した。

「否やはありませんや。ねえ、幻八の旦那」

仲蔵の手は、しっかりと小判を摑みとっている。

「あまり気がすすまねえけどな。仲蔵さんがどうしてもっていうんなら引き受けてもいいぜ」

「若林さまはお困りなんだ。多少の男気を出してもいいんじゃねえかい」

仲蔵は小判を握りしめている。その所作が、梃子《てこ》でも離さない、との強い意志を示していた。

幻八がいった。

「朝までだぜ。五つ前には引き上げさせてもらう」

「それで結構。これで枕を高くして眠れる」

若林頼母が、かすかに安堵の笑みを浮かせた。

「酔いがまわってきた。少し休ませてもらうぜ」

立ち上がった幻八は一隅に座し、柱に背をもたせかけて目を閉じた。

幻八は、寝ていたところを叩き起こされたせいか、寝惚《ねぼ》け眼《まなこ》でかけつけた町医者が、若林頼母の傷の治療を始めたのをきっかけに座敷から出た。庭を見渡せる廊下の上がり端《はな》に座り込み、寝ずの番をつづけていた。

「部屋ん中でもいいんじゃねえのかい。どちらかが寝ずの番をするってことでさ」

廊下へ出て見張ろう、と云いだした幻八に、仲蔵は恨めしげな顔つきでそういったものだった。

「そうもいくまい。一晩で一両もの用心棒代をもらったんだ。仕事は立派に仕遂げなきゃなるまいよ」

「そりゃそうだが……夜中のこった。外は寒いぜ」

「じゃ、小判を返して引き上げるかい。用心棒は、やっぱりお断りいたします、といってさあ」

「そいつは……。しょうがねえなあ」

渋々立ち上がった仲蔵の、うんざりした顔つきを思い出して、にやりとした幻八の耳に、

「それでは、お大事に」

との町医者の声が飛び込んできた。

治療を終えて、

「もはや大事なし」

と診断《みた》てて、辞去することにしたのだろう。

明六つ（午前六時）を告げる時の鐘が、朝焼けの空に響き渡っている。

「そろそろ潮時」

と判じた幻八は、立ち上がり、町医者を送って戻って来た千浪に声をかけた。

「おれたちも引き上げさせてもらうぜ。朝日が顔を出し、これから真っ昼間になろうって頃合いだ。人殺しどももも襲撃は控えるだろうよ」

千浪が小首を傾げた。

しばしの間があった。

幻八は無言で見つめている。

「いま父は眠っております」

千浪がことばを切った。

「命にかかわりはないといっても、あれほどの手傷を負ったのだ。お疲れになったのであろう」

「どうしたものかと……」

「挨拶もなしに我々ふたりが立ち去る。ほんのゆきずりの縁の我らのこと、それほど気にかけられることもあるまい」

「……とはいえ、命の恩人のこと。別れのことばも交わさぬまま、お帰しするとは礼を失するにもほどがある、と父は申すはず。それゆえ……」

「礼節には無縁の者でござれば、そのような心遣いは無用に願いたい。それに」

「それに……？」

「まもなく江戸屋敷の長屋に住まう方々も目覚められ、井戸端で朝食の支度など始められるはず。われらが屋敷内にいては人目について、あらぬ噂のもととなりましょう」

「そうかもしれませぬ」

千浪が幻八をまっすぐに見つめて告げた。

「父から叱責を受けるかもしれませぬが、おことばに甘えさせていただきます」

「それがいい。それでは、これにて御免」

幻八は軽く頭を下げた。

三

望侘藩の江戸屋敷のある常盤町《ときわちょう》から、幻八の住む深川・蛤町《はまぐりちょう》はさほどの距離ではなかった。ゆっくり歩いても、小半刻（三十分）の半ばもかからない。

が、幻八の足は、肩をならべて歩く仲蔵の店、浅草阿部川町《あべかわちょう》の玉泉堂へ向いている。

幻八は、深川の、置屋に属さない、一本立ちの売れっ子芸者、駒吉《こまきち》の住まいに居候《いそうろう》している。駒吉とは源氏名で、実の名をお駒といった。当然のことながら、そこは男と女のこと、ふたりは夫婦同然の仲であった。

幻八の家は本所北割下水《きたわりげすい》にあった。そこには、微禄《びろく》の御家人である朝比奈家の当主の父鉄蔵《てつぞう》と妹の深雪《みゆき》が、六人の子供たちと暮らしている。

子供たちは、飢饉や地震などの天変地異で故郷を捨て、江戸へ流れてきた無宿人たちが捨てた、朝比奈家には縁もゆかりもない者たちであった。生来《せいらい》みょうに情け深いところのある深雪が、見る見かねて拾ってきて、衣食住の面倒をみているのだ。

正直なところ、幻八は当初は子供たちが嫌いだった。あまりのうるささに実家への足が遠のいたほどだった。が、何度か触れ合ううちに、いつしか情が通い、今では帰るたびに、

「団子でも土産に買っていくか」

と、わざわざ回り道をして求めていくようになっていた。

新大橋のなかほどで不意に足を止めた幻八が、

「とんだ朝帰りになっちまった」

と吐き捨てた。

「川風が、やけに肌身に染みるぜ。修羅場に出くわしたおかげで酔いが一気に醒《さ》めちまった。寒気がすらあ」

立ち止まって振り向いた仲蔵が身震いをした。

つられたのか幻八も身震いした。

「さっさと引き上げりゃいいものを欲をかくから、一晩起きてなきゃならねえ羽目になっちまうんだ」

「そいつはおたがいさまだろうぜ。山吹色の用心棒代に目が眩《くら》んだのは、わたしだけかい」

「どっちにしろ、俺が朝帰りできねえ身の上なのは先刻ご承知だろうが」

「色女の焼き餅半分の文句が怖くて家に帰れないということは、何度も聞かされてますよ。だから、わたしんとこに来いと誘ったんじゃねえか」

幻八が、大きな欠伸《あくび》をした。

「まだ酒の臭いがすらあ。一眠りしなきゃ酔いが抜けねえ」

幻八がゆっくりと歩き出した。

「酒が残っているのは、わたしも同じさ。一時も早く横になりてえよ」

左肩を右手で叩きながら仲蔵がつづく。

幻八は歩をすすめながら駒吉のことを考えていた。

駒吉は無断で外泊したときには、これ以上はないくらいに怒りを露わに吠えまくった。幻八が表戸の引き戸を開けるや奥から飛び出してきて、行く手を塞ぐように上がり框《かまち》に突っ立ち、柳眉を逆立てて睨みつけるのだ。最後に、

「どこでおっ死《ち》のうと勝手だよ。でもね。行き倒れるんなら、あたしときっぱり縁を切って、家を出てってからにしておくれ。なにかと後味が悪いじゃないか」

決まり文句でそう言い放つのが常だった。

駒吉が言いたいだけ文句を言い、くるりと背を向けて奥へ引っ込んでしまうまで、幻八は土間に突っ立ったまま家に上がれずじまいの、立ちんぼでいざるをえないのだ。

「今夜は仲蔵さんと飲み明かす。次に出す読売の中身についての相談だ」

出しなに駒吉には、そういってある。無断での外泊ではない。駒吉の気性から

いって、一言の文句も言うはずがなかった。

が、幻八は蛤町の住まいへは戻らなかった。

「芸者は夜の遅い稼業だ。朝早く帰って、ぐっすりと寝入っているところを叩き起こすわけにはいかねえ」

それが幻八が玉泉堂へ足を向けた、ほんとうの理由だった。


玉泉堂へ着くなり幻八は、いつもは読売の文言書きに使う奥の座敷へ入り込んだ。仲蔵が掻巻《かいまき》を持ってきたときには、大の字になって鼾《いびき》をかいていた。そっと掻巻をかけて座敷から出て行った仲蔵の気配に、幻八が気づくことはなかった。

幻八が目覚めたのは八つ（午後二時）過ぎであった。礼太《れいた》を叱りつける仲蔵の、すさまじい怒鳴り声が耳に突き刺さり、半ば強引に起こされたのだ。

礼太は玉泉堂の走り使いで、そそっかしさが先に立つ、口はたつが仕事は半人前という二十歳前の若者であった。

眠気が覚めぬまま聞くともなくふたりのやりとりを聞いていると、どうやら仲蔵が命じた彫師の手配をしくじったらしい。

「安次《やすじ》だけは外すな、とあれほどしつこくいったじゃねえか。なんで忘れるんだよ」

「もう一度出かけてきます。安次さんをすぐにも連れてきますんで」

「幻八さんを起こして文言を書きはじめてもらおう、と考えてたんだ。礼公、てめえのお陰で丸一日、読売の発売が遅れたぜ」

「ですから、いますぐ出向いて」

「当たり前だ。すぐ出向いて明日の昼までに玉泉堂に詰めてくれ、と安次に伝えるんだ。他の五人にも、予定が変わった、明日の昼までに来てくれ、と言い直してこい」

「他の彫師たちのとこも回り直しですかい。そんな殺生な。足が棒になっちまう」

「木《で》偶《く》の坊のおめえの足だ。棒になるくらいで丁度いい按配の、使い勝手のいい足になるんじゃねえのかい」

「親方、そりゃあんまりの言いぐさで」

「四の五のいってねえで早いとこ出かけた方が身のためだぜ。こちとらは、嫌みの鉄砲玉が喉まで出かかってるんだ」

「わかりました。すぐいきますよ」

礼太が板の間の敷き板をあわただしく踏み鳴らす音が聞こえた。どうやら仲蔵に拳のひとつも振り上げられたらしい。

幻八は大きな欠伸をし、わざとらしい咳払いをした。すかさず、

「起きたのかい」

と仲蔵の声がかかり、襖が開けられた。

半身を起こした幻八が、両手を高く上げて背伸びしながら応えた。

「起きたかもないもんだ。昼間っから怒鳴り声を張り上げてよ。おちおち眠れやしねえ」

「声がでかいのは生まれつきだ。美女番付の文言、そろそろ書きはじめてもらいてえんだが」

幻八はゆっくりと立ち上がった。脇差を帯に差しながらいった。

「昨夜の修羅場で汗をびっちょりかいちまった。帰って着替えをしてくる。暮六つまでにはもどる。夕餉《ゆうげ》を用意しといてくれ。近くへ食いに出てもいい。ひさしぶりに天麩羅も悪くねえな」

「安倍川屋《あべかわや》でもいくかい。亭主のけち野郎、少しはこころを入れ替えたのか近頃は多少ましなものを出してくるって、際物師《きわものし》の弥吉《やきち》がいってたぜ」

「どこにするかはまかせる。それじゃあ、後でな」

幻八は、行き交いざま仲蔵の肩を軽く叩いた。

幻八が蛤町の家の表戸を開けると、奥から駒吉が飛び出してきた。

「昨夜は泊まるっていっておいたはずだぜ」

口をついて出たことばが、それだった。半ば反射的に出た言い訳がましい言いぐさに、幻八は胸中で苦い笑いを浮かべた。

（どうやら駒吉の小言が、骨身にしみているらしい）

幻八は立て板に水、どころか大水を流す勢いでまくし立てる駒吉が、大の苦手なのだ。蛇は蛞蝓《なめくじ》を、蛞蝓は蛙を、蛙は蛇を恐れるという三竦《すく》みに似たものが、幻八の中にあるのかもしれない。

「何いってんだよ、おまえさん。それどころじゃないんだよ」

「何かあったのか」

「待ってるんだよ、一刻近くもおまえさんを」

「誰が？」

奥の座敷へちらりと視線を走らせた駒吉が顔を寄せ、声を潜めた。

「いつもの八丁堀の旦那が、さ」

「五助《ごすけ》が」

幻八は首を傾げた。石倉《いしくら》五助はいまは北町奉行所の同心だが、もともとは貧乏御家人の小倅で幻八とは幼なじみの仲だった。くそ真面目な、幻八とはおよそ正反対の性格なのだが、腐れ縁というか、昔とかわらぬ付き合いがつづいている。

「幻八か」

奥から五助が声をかけてきた。

「どうする?」

駒吉が眉をひそめた。

「やましいことは何ひとつない。どうする、はねえだろう」

「ほんとに」

「惚れた男を信用できねえのか。情けねえ」

幻八が上がり端に足をかけた。

「おまえさんは、考えてることが並みの男と少し違っているからねえ。正しいとおもっても、世間さまから見たら何かおかしいってときもあるんだよ。気をつけておくれな。わかってるね」

「餓鬼《がき》扱いもほどほどにしな。おれは読売の文言書きだぜ。酸《す》いも甘いも嚙み分けた、世知に長《た》けた人物だあな」

「だと、いいんだけどね」

「余計な気苦労すると皺《しわ》が増えるぜ」

「何いってんだよ。人が心配してやってるのに悪態つくなんて、罰があたるよ」

奥の座敷へ入っていく幻八に向かって、駒吉があかんべえをした。

振り向いて、駒吉とまともに視線があった五助が呆気《あっけ》にとられた。

あわてた駒吉が口に手をあて、ごまかし笑いを返す。

「どうした。間抜けな顔をして」

五助と向かい合って座りながら幻八がいった。

「いや……。何かと大変だな、おまえも」

「何が、大変なんだ」

「いや、とくに何も……」

一度そらした視線を幻八にもどし、咳払いをした。生真面目な顔つきになって、ことばを継いだ。

「昨夜の深更、どこにいた」

「気に入らねえな、その物言い。いったいなんだってんだ」

幻八が目を細めた。ただでさえ鋭い眼差しが、さらに射るような光を発した。

あわてて五助が顔を背けた。

（いつものことながら厭《いや》な目つきだ）

胸中で呻いた。幼い頃から幻八にこの目つきで見据えられると躰がすくんだ。

怯えが躰を走り回るような奇妙な感覚にとらわれる。

五助は首を大きく振った。怯えを振り払うべく無意識のうちに為した動きだった。

幻八が、にやり、とした。五助の心のなかをすべて見抜いた上で浮かべた、ふてぶてしい笑みだった。

（くそっ、おれはそう甘くはないぞ）

五助は口をへの字に結んだ。ことさらに厳しい口調で問いかけた。

「大島川の河岸近くにいたのではないか」

黙り込んだ幻八は、頭の中で五助の問いかけに含まれた意味合いを探った。

「どうした？　いたのか」

畳みかけてきたことばが、幻八に答を引き出させた。

（大島川河岸にいたことに何らかの意味があるのだ……）

幻八は正面から見つめる五助を、さらに強い目線で見据えた。

「昨夜は次に出す読売のなかみのことで玉泉堂の仲蔵と酒を呑みながら、夜っぴて話し合った。仲蔵の行きつけの料理屋でな」

「ほんとうだな」

仲蔵だったら幻八と口裏を合わせてくれる、との確信があった。

「疑り深い奴だ。何かあったのか」

今度は幻八が探りを入れる番だった。

「なら、いい」

安堵したような響きが声音にあった。そのことが幻八の興味を誘った。

「さんざん人を疑っといて『なら、いい』はないだろう」

五助が、うむ、と首を捻った。いっていいものかどうか迷っている顔つきだった。

「いつ帰るか分からないおれを一刻近く待ってたんだ。それなりの理由があるだろう」

五助が大きく息を吐いた。

うむ、とうなずき、口を開いた。

「実は、大島川の河岸に辻斬りが出たんだ」

「辻斬り？」

「三人斬られた。いずれも上総《かずさ》望佗藩の江戸詰めの藩士だ」

「望佗藩の……」

幻八は驚きを嚙み殺した。大島川の岸辺で、望佗藩江戸家老若林頼母を襲った黒の強盗頭巾をかぶった三人をたしかに斬った。もし、あの黒覆面たちが望佗藩の者だとしたら、事態は別の意味合いを持ってくる。江戸詰めの家臣の最高位にある江戸家老を藩士が襲う。その行為が含む答えはひとつ。御家騒動が起こっている、ということではないのか。

幻八は、五助のことばを待った。

「三人とも黒い強盗頭巾で顔を隠していた。おそらく身分を隠して夜遊びにでも出ていたのだろう」

「身分を隠すために強盗頭巾をかぶっていた奴らが、なんで望佗藩の家臣だとわかったのだ」

「一人が望佗藩の藩士であることを書き記した書付をもっていた。巾着のなかに入れていたのだ。おそらく巾着を落としたときに備えて、入れておいたのだろう」

「それで望佗藩江戸屋敷へ人を走らせ、駆けつけた藩士に顔あらためをさせたってわけか」

五助が無言でうなずいた。

「なぜ、おれの仕業かもしれぬ、と疑ったのだ」

「太刀筋だ」

「太刀筋、だと」

幻八が、小馬鹿にしたような表情を浮かべて、五助を見つめた。

「剣術の腕は、お世辞にも褒められたものではないおまえに、太刀筋の見極めができるのか」

五助の顔が見る見るうちに紅く染まった。

睨《ね》め付け、口を尖らせていった。

「おれは江戸北町奉行所の同心だぞ。死体が見つかるたびに検死に出向いている。骸《むくろ》の有り様、斬られ方などあらためるのが仕事だ」

「わかった、わかった。能書きはそれまでにしろ。此度《こたび》は、太刀筋の見極めが曖味だったということになるな」

うっ、と五助が呻いた。

「まことにすまぬが急ぎ玉泉堂へ戻って文言書きを始めねばならぬ。着替えをして、すぐに出かける。引き上げてくれ」

幻八は五助の返答も待たず、さっさと腰を上げた。

四

幻八のなかで次第にひろがっていく疑念があった。

若林頼母を襲った黒覆面たちの三人が、望佗藩の藩士であることが五助の調べで判明した。

若林頼母は望佗藩江戸家老である。

(襲ったには、それなりの理由があるはず。どんな理由があるというのだ)

少なくとも、望佗藩内に敵対する勢力があることだけはあきらかだった。

(それが二派なのか、三派なのか……)

望佗藩の内情に通じていない幻八に、つまびらかな事情がわかる道理もなかった。

（あのとき、用心棒を引き受けておけばよかった）

とのおもいが強い。

多少危ないめにあうかもしれないが、御家騒動の渦中に身を置けば、

「いい稼ぎになる」

こと請け合いなのだ。

幻八は大きく舌を鳴らした。

幻八は読売の文言書きを隠れ蓑に、摑んだ読売のたねをもとにしての強請《ゆす》り屋稼業で荒稼ぎしている。

幻八には、あぶく銭を稼がねばならない、のっぴきならない事情があった。

父の鉄蔵は剣の鍛錬に励むのみで、日々の暮らしをかえりみることは一切なかった。妹の深雪は、鉄蔵に輪をかけて、金銭感覚が欠如した気質だった。

深雪が拾ってきた子供たちを育てていくには、それなりに銭がかかった。

無宿人狩りを頻繁に行うだけで、無宿人や無宿人の捨てていった子供たちの行く末にたいして、公儀は何一つ適切な策を講じようとはしなかった。

（これでいいのか）

との憤りに似たおもいがあった。

貧しさゆえに生まれ故郷を捨てねば生きていけぬ者たち。路頭に迷い、空《す》きっ腹をかかえて街をさまよう捨て子の群れ。その一方で、贅を尽くした酒池肉林の宴に日夜酔いしれている大身の武士、豪商たちが存在しているのだ。

(しょせん蟷螂《とうろう》の斧なのだ。しかし……)

止めるわけにはいかなかった。捨て子たちの面倒を見る。目に触れた、一握りの子供たちにすぎないが、少なくとも、その命をつなぐ糧《かて》だけは与えてやりたかった。

御政道の乱れが生み出した歪み、ひびわれがあちこちにあった。

(悪を為す輩、損得だけで生きる情け知らずの奴らから奪うのだ。こころに恥じるところは何ひとつない)

御上の安泰だけを望んでいるとしかおもえぬ、幕政への反骨の炎が幻八の中で燃え盛っていた。

「銭儲けに危うさは付き物」

そう考える幻八にとって、大名家の御家騒動は、まさしく、

「金のなる木。上物の儲け口」

であったのだ。あらためて、

（いい金蔓《かねづる》を逃した）

との悔しさがこみ上げてくる。

（ままよ。また、いい儲け話がみつかるさ）

幻八は、ふうっ、と大きく息を吐き出した。気分を変えるために為《な》した所作であった。

（まずは美女番付の文言を書き上げねばなるまい…）

幻八は足を速めた。


「東の横綱は新吉原の『角海老楼《かどえびろう》』の呼び出し、梅香《うめか》だろう。それで決まり。そうしようぜ」

仲蔵が口角泡を飛ばしていった。

幻八が冷ややかな顔つきで受けた。

「えらく梅香にこだわるな。『角海老楼』の主人三浦太郎左衛門《みうらたろうざえもん》に袖の下でも、つかまされたんじゃないのか」

「そんなこたあねえ。絶対にねえ。わたしは、玉泉堂の主仲蔵は、依怙贔屓《えこひいき》のねえ、公明正大な男だぜ」

吹き出した幻八が仲蔵の顔をまじまじと見つめた。

「少なくとも、おれはそうはおもわねえがね」

「そいつは、どういう……」

口を尖らした仲蔵から目をそらし、

「ま、いいや。『角海老楼』が客寄せのために読売を買い占めてくれるというんなら、梅香が美女番付の東の横綱でも、おれはいっこうにかまわねえよ」

幻八は筆に墨を含ませ、文机《ふづくえ》の上に重ねておいた紙に、

「東の横綱　新吉原『角海老楼』呼び出し　梅香」

と書きつけた。

幻八と仲蔵は、玉泉堂の奥の間で文机をはさんで座っている。

「ところで、さっきから気になっていることがあるんだけどな」

格附けた遊女や芸者、水茶屋の女の名を書きつけた紙の束を手に取り、めくりながら仲蔵がいった。

「なんだい」

「深川櫓下《やぐらした》の、気っ風が売り物の羽織芸者、駒吉の名がねえが、いいのかい」

「そいつは余計な気遣いってもんだぜ」

「喧嘩にならなきゃいい、とおもってよ。駒吉なら東の大関に格付けても、誰の文句もつくめえよ」

「だから余計だめなのさ」

「なにがだめなんだよ」

「第一、照れくせえよ。てめえの女を自慢してるみたいでよ」

「……それはそうだが。りどよ、文言を書いた幻八旦那の情婦《いろ》が駒吉だと知ってる奴なんて、ほとんどいないぜ」

「それは、そうだが……」

「書きにくけりゃ、おれが勝手に書きこんでもいいぜ。なあに東の大関の、上野広小路の水茶屋の茶汲み女、お登美《とみ》を東の張出大関に格下げすりゃすむ話だ」

筆を手にした仲蔵の手を押さえ、

「余計なお節介はごめんだぜ。おれの気儘にさせてくんな」

「そうかい。駒吉は気ぃ悪くするとおもうがな」

筆をもどした仲蔵が、紙の束を二つ折りにして立ち上がった。

「文言は書き終わった。彫師を待たせてあるんでな。おれは彫の段取りを決めてくらあ」

「一眠りさせてくれ。どうも眠気がぬけなくていけねえ」

幻八はごろりと横になり、肘枕をした。

「起きてくださいよ。困ったなぁ、起きそうもないよ。幻八の旦那」

呼びかける礼太の声がどこか遠くから聞こえてくる。

「旦那、幻八の旦那。お客さんですよう」

礼太の声が急に大きくなった。耳元に生暖かい風が吹きつけてくる。むず痒いような、厭な感覚にとらわれて幻八は耳をかいた。

「よかった。旦那、若い二本差しと娘さんが店先で待ってますよ」

礼太が肩をゆすった。

「うるせえな。いい気持で寝てるのによう」

あ〜あ、と両手を高く上げて大きく伸びをしながら、幻八は頭のなかで、まったく別の、都合のいいことを考えていた。

若い二本差しというからには連れの娘は武家娘に違いない。ひょっとすると望佗藩の江戸家老若林頼母の娘、千浪が再度、用心棒を依頼すべく訪ねてきたのではないだろうか、とおもったのだ。

が、次の瞬間、幻八はその考えを強く打ち消していた。このところ、うまい儲け話にありついていない。本所北割下水の実家の米櫃も、そろそろ空になりそうな有り様だった。

久し振りにめぐりあった、あぶく銭を手にする機会をのがしたことへの未練が、こころのなかに澱《よど》んでいるのかもしれない。

(銭欲しさに焦ってるんだ)

幻八はおもわず苦い笑いを浮かべた。

「すいません。お休みのところ起こしちまって」

礼太が申し訳なさそうに頭をかいた。

「幻八旦那はいない、といやあ済む話じゃねえか。機転のきかねえ野郎だ」

「へい。そのとおりで。どうも気がきかなくて……」

礼太がさらに躰を小さく縮めた。

「やったこたあ仕方ねえや。若い二本差しのふたりづれ、とやらに会ってやらあ」

幻八は脇に置いた大刀に手をのばした。

店先の土間からつづく板敷きの間の上がり框に、ふたりは腰かけていた。

幻八は、後ろ姿を一目見るなり千浪だとわかった。

鴨が葱を背負ってもどってきた。幻八の心境は、まさしく、それだった。にんまりとほくそ笑みそうになるのを懸命に押さえた。

決して物欲しそうに見せてはならない。物欲しげな態度は相手の警戒心を招くもととなる。幻八が強請り屋渡世で積み重ねてきた体験から割り出した、世渡りの知恵だった。

「千浪さんとかいったな。おれに用心棒を頼みにきたのなら、悪いが無駄足というもんだぜ」

幻八が発した一声が、それだった。

千浪はぴくり、と肩を動かしただけだった。が、隣りに座っていた若侍は弾けたように立ち上がり、あわてて向き直った。顔に、

「何がなんでもこの役目、仕遂げねばならない」

との必死なものがみえた。

その動きに幻八は、

（この仕掛けはものになる）

と、たしかな手応えを感じていた。結論を急ぐ必要はない。いろいろと屁理屈をこねて条件をつり上げていけばいいのだ。

幻八は、わざとゆっくりと視線を外した。そらしながら、若侍の様子を目の端でとらえていた。

身を乗りだすようにして、若侍が告げた。

「用心棒のこと、ぜひにもお引き受け願いたい。お頼み申す」

深々と頭を下げた。

幻八は内心、呆れかえった。駆け引きも何もあったものではない。こんな世間知らずの、馬鹿正直だけが取り柄の、乳母日傘《おんばひがさ》で育ったことが見え見えの若侍を使いに寄越した若林頼母のこころのほどが理解できなかった。

「英次郎《えいじろう》さま、まずは姓名を名乗られるが礼とおもわれまするが……」

千浪がやんわりと口をはさんだ。

「これは、まさしく、その通りでござった。いつもながら粗忽《そこつ》でいかん」

頭を掻いた。

幻八は笑いを噛み殺した。千浪と若侍が親しい関係にあるのは口の利きようから推測できた。

（これでは尻にしかれっぱなし、ということになる）

幻八は、ふむ、とうなずき、顎を撫でた。手厳しい駆け引きをするのが可哀想な気になっていた。が、その気分は、若侍の呼びかけで元のありようにもどっていた。

「望佗藩藩士、中岡《なかおか》英次郎と申す。ここにおられる千浪どのとは、幼少の頃から親同士が定めた許嫁《いいなずけ》というかかわりにある者。用心棒依頼のこと、ぜひにも引き受けてもらってこい。お引き受けいただくまで若林の家の敷居をまたぐことは許さぬ、と御家老より厳しく言い渡されております。引き受けられぬ、とおっしゃられては、拙者、ほとほと困り果てるのみで」

一気にまくしたてるや、はあ、と大きく溜め息をついた。

幻八は黙ってふたりを見つめている。

重苦しいものが、その場に漂った。

礼太から聞いたのか、仲蔵が奥の彫師の作業場から出てきて、幻八の背中越しに店先をのぞいた。

「あれ、どなたかとおもったら望佗藩の江戸家老さまの娘さん。いったいどうなすったんで」

呼びかけた仲蔵に千浪が顔を向けた。

「仲蔵さま、でしたね」

「仲蔵、さま。……さま、と呼ばれるほどの者ではございませんがね。こんなむさ苦しいところまでおいでなすって、いったい、どうなすったんで」

幻八は舌を鳴らしたくなった。何でも首を突っ込みたがる仲蔵のことだ。余計な口出しをしてくるに決まっている、とおもったからだ。

「実は……」

いいかけた千浪のことばを幻八が断ち切った。

「断った用心棒の話の蒸し返しだ。やる気はねえ、といってるのに迷惑なことだぜ」

黙り込んだ千浪に仲蔵が愛想笑いを向け、幻八を振り返っていった。

「いつものことながら、情けのかけらもない物言いだね。何が気にいらないんだよ」

「おれのことだ。ほっといてくれ」

今度は派手に舌を鳴らして横を向いた。

「父が話だけでも聞いてほしい、といっております。引き受ける、引き受けないは話を聞いた後でもいいと」

千浪の顔に必死なものがあった。

「是非にもご同道を。この通りだ。お頼み申す」

中岡英次郎が深々と頭を垂れた。躰が二つ折りになったかとおもえるほどの平身低頭ぶりだった。

「幻八さん、可哀想じゃねえか。話だけでも、といってるんだ。聞いてやればいいじゃねえか」

「聞かないほうがいいんだ。聞けば、引き受けなきゃいけない気持になる。おれは、そういう男だ。用心棒は引き受けたくない。だから、話も聞きたくないんだ」

話を聞けば用心棒を引き受ける、という意味を言外に含ませた幻八の物言いだった。これ以上邪険に扱ったら、折角の儲け話を運んできた千浪と中岡英次郎が、説得しても無理、とあきらめて、すごすごと引き上げてしまいかねない。ここらが頃合《ころあい》とみた幻八の、いわば助け舟ともいうべきことばだった。

「もはや話を聞いてくれ、ともいいませぬ。ただ父に、父に一目あってくださまし。それ以上のことは望みませぬ。父は朝比奈さまがお帰りになったとつたえるや『わしに一言のことわりもなく、なぜ帰した。話があるのじゃ。頼みにするは朝比奈殿しかおらぬ。ぜひにも連れてまいれ』とまるで、咎め立てでもするような剣幕で言いつのります」

「それは本当でございます。千浪さんから知らせを受け、取るものも取りあえずご家老の屋敷へ駆けつけました。拙者も千浪さんの側にいて、御家老のおことばを聞いております」

幻八が、ふう、と息を吐いた。とぼけた口調で訊いた。

「中岡さん、とかいったね。あなたも武士だ。武術の嗜《たしな》みはあるだろう。御家老は、なぜ、あなたを頼りにせぬのかな」

「拙者、一刀流を少々使いまする。目録に手が届くか、という程度でございますが」

ふん、と幻八が鼻を鳴らした。目録にやっと、という程度の腕では若林頼母を襲った連中とやりあったら怪我をするのがおちだ、とおもったからだ。

くわしい事情はわからないが、若林頼母が命を狙われていることだけはたしかなのだ。それも、若林頼母と同じ望佗藩の家臣が、刺客となって暗躍していることとは、石倉五助から聞いた話から推断してあきらかだった。

「父が申しておりました。わしの躰が自由になるのなら、起き出して朝比奈殿のご尊宅をお訪ねし、こころのほどを打ち明けて何としてでもお手助けを願う所存。なれど傷を負った身では、それもままならず、と」

「幻八さん、顔を見せておやりよ。御家老さまが大怪我してなさるのは、先刻ご承知だろうが。江戸っ子だろう。一肌脱いでおくれな」

たまりかねたように仲蔵が口を挟んできた。

幻八は口を開かない。

一呼吸置いてつづけた。

「ひとりで行きたくないのなら、わたしがついていってもいいぜ」

幻八は吹き出したくなった。理にさとい仲蔵のことだ。

「こいつは金になりそうだ」

とふんで、一口乗る気でいるのだ。

幻八がやんわりと応じた。

「読売の売り出し前で忙しい躰だ。仲蔵さんの手は煩《わずら》わせられねえよ。おれひとりで御家老に会ってくらあ」

へっ、と仲蔵が拍子抜けした顔つきになった。

手にした大刀を腰に差しながら、幻八がいった。

「顔を見るだけでいいんだな。同行三人、見舞いがてらの道行きと洒落るかい」

五

若林頼母の屋敷に着くなり、幻八は頼母の寝間に通された。

起き上がるのが辛いのか、寝たままで頼母は大きく顎を引いた。どうやら丁重に挨拶をしたつもりらしい。

頼母の枕元に英次郎が坐している。千浪は茶の支度でもしてくるのか、案内し終わるなり座敷から出ていった。

「膝を崩させてもらう。永の浪人暮らしだ。堅苦しいことは苦手でな」

幻八は返答を待つことなく胡座をかいた。

「御家老の面前で無礼ではござらぬか」

英次郎が目くじらを立てた。

皮肉な笑みを片頬に浮かべて幻八がいった。

「頼まれたから来たのだ。四の五の文句をつける気なら、いますぐ帰らせてもらうぜ。それと」

ぎろり、と英次郎を見据えた。ただでさえ冷ややかな光を発する目の底に凄みが加わった。獲物を狙って迫る獣の目に似ていた。

「それと……何でござるか」

英次郎があわてて目をそらし、うつむき加減で応えた。語尾がかすかに震えて消えた。

英次郎から視線をそらさず、つづけた。

「千浪さんやあんたは、御家老と顔をあわせるだけでいい、といった。いま、御家老とおれはたがいの顔を見合っている。約束は果たした。それで十分ではないか」

「しかし、お話はまだ……」

「話を聞くとは一言もいわなかったぜ、見舞いがてら、といったはずだ」

「それは、だが、しかし……」

冷や汗が浮き出たのか英次郎が指先で額を拭った。

「用心棒を頼みたい」

若林頼母が告げた。その場の流れを断ち切るために、あえて唐突に切り出した、としかおもえぬことばだった。

「断ったはずだぜ、用心棒の件は」

にべもない幻八の返答だった。物事の成り行きも見極めずに発した中岡英次郎のことばが生み出したひずみを突き崩す一言を発する力が、老いて傷ついた身とはいえ、若林頼母に残っていることに幻八は気づいていた。

（油断はできぬ……）

とのおもいが強い。

世知と才知の駆け引きとなれば、積み重ねた体験といい、踏んだ修羅場といい、親子ほど年嵩の若林頼母の力が幻八より、はるかに勝っていることは自明の理であった。

しばしの間があった。

若林頼母が、ふう、と大仰な溜め息をついた。幻八には、その所作が芝居っ気たっぷりにおもわれた。

（喰えぬ親爺だ。こうなりゃ、とことん粘って大儲けの口に仕立て上げてやる）

幻八は腹をくくった。目算が外れて、途中で話が壊れても仕方がない。安売りだけはしないと、こころに言い聞かせた。

　さらに長い沈黙があった。

　おほん、と軽く咳払いをして、若林頼母が口を開いた。

「事が落着するまで数ヶ月はかかるだろう。支度金百両。日当一両出す。数ヶ月かかったとすれば二百両近くになる。しめて用心棒代は三百両ほどになる。みごと任務を果たしてくれたら百両の慰労金をつけよう。どうだ。用心棒を引き受けてもらえぬか」

　若林頼母がちらりと横目で幻八の反応をうかがった。

　幻八は表情ひとつ変えないで、ぼそり、と告げた。

「おれは貧乏だが、日々のたつきには困っていない」

「不服か。なら支度金二百両、はずもう」

　若林頼母の声に力がこもった。

　幻八は凝然と見つめた。一言も発しようとしなかった。

　若林頼母が目を閉じた。

　幻八は、

（待つ）

と決めている。用心棒代の金高からいって、望佗藩で御家騒動が起きていることは十分、推測できた。

幻八は、若林頼母の味方は少ない、とみていた。多数派であれば幻八に用心棒を頼む必要はないのだ。若林頼母は命を狙われている。娘婿になると決まっている中岡英次郎の剣の業前《わざまえ》がさほどではないことは、その立ち居振る舞いからも判じられた。しかも、命のやりとりにつながる真剣での斬り合いのときにもっとも必要とされる、その場、その場での駆け引きができる器とは、とてもおもえなかった。瞬時の判断が勝ち負けを決めるといっても過言ではないのが、真剣での勝負なのだ。

（いま、若林頼母のまわりには、頼りになる剣の使い手は、おれひとりしかいないのだ）

幻八は、そう推断していた。

（若林頼母の命と引き換えの用心棒代だ。千両でも高くない……）

おれが勝ち残るという保証はどこにもない。幻八は目を細めた。望佗藩の家臣のなかにも剣術自慢の者は多数いるだろう。まして望佗藩に縁のある者をたどっていけば、幻八など足元にも及ばぬ業前の剣客が、

「事成就の暁には望佗藩剣術指南役として迎える」

との密約に乗って、戦いの場に現れ出る恐れは大きいのだ。石高は最低でも五百石は約するだろう。いや藩を陰で自由に操れるとなれば、御家騒動の一方の旗頭は千石の石高を約定するかもしれない。いずれにしても、事が成就しなければ、全てが反故《ほご》になる話なのだ。

そのことは幻八にとっても同じであった。若林頼母が刺客の手にかかって果てれば一切が無に帰する話であった。

若林頼母が再び沈黙をやぶった。

「支度金として三百両。月々の用心棒代、前月の末に前金として五十両。慰労金として二百両払う。これでどうだ」

幻八は宙に視線を浮かせた。望佗藩の石高からみて、江戸家老としては精一杯の条件だと判じたからだ。

(これ以上、粘る必要はないかもしれぬ)

一瞬、こころが揺らいだ。幻八は引き締めなおした。

迂闊に用心棒を引き受け、おもわぬ咎めを受けて処断されるかもしれない。大名の御家騒動なのだ。その危険は大きかった。それに、若林頼母が逆臣でない、という保証はどこにもない。

「詳しい事情をあかしてくれるまでは返事のしようがねえな」

抑揚のない口調で幻八が告げた。

うむ、と若林頼母がうなずいた。

「どうしても話さねばならぬか」

困惑がことばの端に滲み出ていた。

「御家老、それは……藩の名誉にもかかわること。藩にかかわりのない者にあかして、万が一、世間に知れ渡ることになれば、それこそ望侘藩の大事にかかわることになりかねませぬ」

中岡英次郎が声を高めた。咎めるものが音骨《おとぼね》にあった。

「黙らっしゃい。元はといえば、婿となるお主が頼りないから、こういうことになるのじゃ。千浪のところへ足繁く通う暇があったら、剣の修行にもう少し身を入れたらよかったのじゃ。いらぬ口出しは許さぬ」

若林頼母に鋭く睨み据えられて、

「それは……」

返すことばもなく、英次郎は肩を落として、うつむいた。

幻八に視線をもどしていった。

「話せば用心棒を引き受けていただけるか」

若林頼母の目が、もはや駆け引きはせぬ、と語っていた。

「得心がいけば……」

用心棒代に不服はなかった。後は、ただ自分の立つ位置が奈辺にあるのか、それだけを知りたかった。

善か悪かの判断は自らが依って立つ処で決まる。藩を二分、あるいは三分、四分しての御家騒動だとしても、つまるところは、各派の領袖が藩のなかで権勢を掌握し、おのれらの私腹を肥やすことだけに右往左往しているにすぎないのだ。

若林頼母が、遠くを見るような目つきで話しはじめた。

「わが望佗藩の先代頼政《よりまさ》公には子種がなかったのか、正室のほか十二人もの愛妾相手に励まれたにもかかわらず、お世継ぎにめぐまれぬまま一年半前にご逝去あそばされたのじゃ。まだ三十五という若さでござった……」

幻八は、一言のことばも挟むことなく聞き入っている。

望佗藩は、神君徳川家康公の身近にあった旗本青山《あおやま》家が、代々つないできた譜代の名門である。

先々代藩主青山頼継《よりつぐ》の嫡男・頼政は、頼継病死の後を受け、藩主となった。それから四年、頼政は心の臓の病で頓死する。

元々病弱ではあったが心の臓の痛みを訴えて寝込み、わずか五日で命が尽きた。頼政には嫡子がなかった。藩を存続させ、青山家の家系をつなぐには将軍家につながる御三家、御三卿より養子を迎えるしか手はない、そう判断した江戸家老若林頼母は、江戸詰めの重臣たちに計っただけで、なかば独断で行動を起こした。

頼政の死を伏せておくのにも限りがあった。

ある意味で、

「望佗藩存続のため」

との大義名分を掲げた若林頼母の独断専行を、ほとんどの家臣は、

「やむを得ぬこと」

として認めた。

幕閣重臣たちへの隠密裡《り》の画策が功を奏し、御三卿清水《しみず》家より次男直範《なおのり》を青山家に養子として迎え入れることに要した月日は、わずか半月であった。

望佗藩の重臣、家臣たちはさしたる混乱もなく養子縁組がととのい、公儀に認

められたことをおおいに喜んだ。

が、事はそれではおさまらなかった。

「凡庸だが、人柄は素直で癖のない人物」

と、若林頼母の依頼を受けて動いた老中が評した直範は、意外な食わせ者だった。

いや、若林頼母によれば、

「直範に取り入った江戸留守居役の伴野《ばんの》七蔵《しちぞう》が、食わせ者に仕立て上げていった」

ということになる。

ほとんど連日連夜、向島の下屋敷にこもっては酒色に溺れる日々だという。伴野七蔵の腹心・石谷《いしや》佐《さ》源治《げんじ》、青木《あおき》了介《りようすけ》、神山《かみやま》鉄之助《てつのすけ》などがつきっきりで遊びの相手をつとめているという。女の手配など、どこでどう見繕《みつくろ》ってくるのか、それこそ、とっかえひっかえ、よりどりみどりの、吉原の幇間《ほうかん》も顔負けの飽きさせない場持ちで、

「あれでは直範公が腑抜けになるのは当たり前」

というほどの励みぶりだという。

当然のことながら、政務には一切無関心で、すべて重臣任せだった。が、直範を青山家の養子とし、藩主として迎え入れた若林頼母は気が気ではない。何かと理由をつけては主君の御前に伺候して、

「このままでは藩主たるもの、家臣にたいして示しが尽きませぬ。藩主としてのお務めは全うしていただかねばなりませぬ」

と苦言を呈した。若林頼母は自分を望佗藩藩主の地位につけてくれ、部屋住みの日陰の身から引き上げてくれた、いわば恩人でもある。直範は若林頼母の苦言に耳を傾け、そのたびに上屋敷にもどり政務につくが、伴野七蔵が身近に控えることもあり、いつの間にか上屋敷を抜け出し、下屋敷での酒池肉林の生活にもどっている。

いまでは、

「病」

を理由に若林頼母の御機嫌伺いすら拒む始末だという。

「このまま重臣たちで藩の安泰を計ればよいこと」

といったんはこころを決めた若林頼母だったが、国元の目付役、保坂庄九郎《ほさかしょうくろう》から藩出入りの商人、米問屋の房州屋《ぼうしゅうや》の番頭伊助《いすけ》に託した密書が届いたことから事

態は一変する。

国元には先々代藩主頼継の弟青山監物《けんもつ》が国家老として政務の中心にあった。青山監物には二人の男子がいた。このことが、監物に尊大な野心を抱かせた。

望佗藩青山家の血流を継ぐ者は我らなり。我らを差し置いて、たとえ御三卿といえども他家より藩主を迎えるは言語道断、この所業を為したる者、まさしく不忠の極みなり、との憤懣が青山監物の心中で次第に燃え上がっていき、そのおもいが、ついには隠しきれなくなって、

「嫡男を望佗藩の藩主に据え、次男に国家老の職を継がせるとの野望が言動の端々に垣間見え、次席家老森川外記《もりかわげき》様もこれに同調する様子……」

と保坂庄九郎は密書にしたためていた。

事態を憂慮した若林頼母は密かに探索した。その結果、江戸留守居役の伴野七蔵が青山監物と気脈を通じ、細かく書面で連絡を取り合っていることが判明した。

上総望佗と江戸は二日もあれば行き来できる距離にある。青山監物と伴野は、必ずたがいの中間地点で密会を重ねているはず、と推量した若林頼母は中岡英次郎に伴野七蔵の見張りを命じた。

英次郎の尾行は功を奏し、青山監物と伴野七蔵が行徳《ぎょうとく》の永観寺で密談をかわし

たことを突き止めた。

その後も英次郎は伴野七蔵の張り込みをつづけた。その動きは、まもなく伴野一派に気づかれることになる。

若林頼母の身辺が逆に見張られるようになり、その頃から病を理由に直範が頼母の伺候《しこう》の申し入れを受けつけなくなった。

伴野七蔵らに命じて殿を酒色に溺れさせ、乱行の極みと糾弾して隠居に追い込むのが青山監物の狙い、と判じた若林頼母は、

「何としても殿と膝詰め談判をせねばならぬ。このまま殿の乱行を放置しておいては悪くすれば藩は改易、お取り潰しの憂き目にあいかねぬ」

と、直範が新吉原や深川、浅草などの遊里に頻繁にお忍びで出かけている、との噂を聞きつけるや、藩主の姿を求めて遊里の徘徊をはじめた。

このことが青山監物一味に察知され、刺客を送り込まれるようになった、というのだ。

「昨夜、朝比奈殿に助けられたときが二度目の襲撃でござった」

若林頼母がそう言って目を閉じた。一気に語って、疲れを覚えたのかもしれな

い。

「その前の襲撃は警告の意味で、ただ脅すだけであったのだな」

幻八が問うた。

「左様。取り囲み、塀際に追い込んで手にした大刀を叩きおとすや、肩に軽い峰打ちをくれた。わしが痛みにへたり込んだのを見届け、刺客たちは立ち去っていったのじゃ」

「その警告を無視して、再び遊里へ姿を現した御家老を見かけて、このまま捨て置くのは何かと面倒、と今度は命を狙って仕掛けてきたというわけか」

幻八のことばに若林頼母が、無言で大きくうなずいた。

幻八が姿勢をただした。

「よかろう。用心棒の依頼、受けよう」

「おう。引き受けてくださるか」

目を輝かせた若林頼母が半身を起こそうとして、傷の痛みに顔を歪めた。

「ただいまより務めに就く。まずは支度金三百両。一月分の前金五十両。しめて三百五十両、この場にていただきたい」

幻八は若林頼母の眼前に大きく開いた掌をつきだした。

第二章　橋場《はしば》ノ汀《みぎわ》

一

「江府の別嬪、当代一の美女はどこの誰か、この読売を見ればすべてわかる。東の横綱ぁ～、新吉原のぉ～、おっと、これ以上は話せないよ。読売買ってのお楽しみ～。さあ買った、買わなきゃ大損。生き弁天、見れば極楽、目の保養～」

きれいにととのえた月代《さかやき》に置手拭。縦縞の小袖を着こなした、いかにも小粋な出で立ちの『唄もの師』の佐吉が一本箸で紙面をさしながら、常磐津風の節をつけて唄っている。まわりには、かなりの人だかりがしていた。細面で、役者にしたいような色男の佐吉に見とれている町娘もいる。

「いつ聞いてもいい声だ」

幻八は町屋の壁際に立って、佐吉が読売を売る景色をながめていた。

黄昏時《たそがれどき》の浅草寺《せんそうじ》雷門近くの町辻に立って、仕事を終え、ぶらりと盛り場へ足を向けた、気のゆるんだ客相手に美女番付の読売を売る。さすがに玉泉堂仲蔵が、

「色ものの読売を売らせたら江戸で一、二の唄もの師」

と惚れ込んでいる佐吉だけのことはある、と幻八はおもった。

事件ものの読売を売る『際物師《きわものし》』は昼間、忙しく往来を行く人たちに向かって、

「大変だ。大変だ。聞いて驚き、読んで驚き。大事件だよ」

と大声で呼びかけ、事件の内容をほんのさわりだけ気をもたせるていどに語って聞かせて、

「あとはこの読売に書いてある。さあ、買った、買った」

と売っていく。笠をかぶって顔をかくし、読売を入れた風呂敷包みを肩に担ぎ、小脇にも抱えて、長めに着こなした小袖の裾を引きずるようにして歩く姿は川柳に、

「読売の笠　冬枯れの蓮《はす》のよう」

と揶揄されたほど野暮ったいものだった。『唄もの師』の粋さとは、まったく正反対の出で立ちといえた。

が、幻八は、どちらかといえば、いかにもうらぶれたといった風情の際物師の

姿形が好きだった。

（しょせん根っからのひねくれ者なのだ）

武士とは名ばかりの、貧困極まりない御家人の身分を何度捨てようとおもったことか。

「北割下水の、棟割り長屋に毛の生えたような屋敷に住む微禄の旗本、御家人の分際で、同じ直参と我らと五分のつもりでいるとは無礼千万、片腹痛い」

と、威張りくさった南割下水に住む大身の旗本たちの子弟を、こころの中で何度叩っきったことか。

（素浪人であったほうが勝手気儘に生きていけるわ）

それが偽らざる幻八の心根だった。

若林頼母にたいし、咄嗟《とっさ》に、

「浪々の身」

と応えたのは、

〈直参と陪臣の間に横たわる根強い確執〉

をおもんばかっただけではない。幻八の心の奥底に潜む、

〈何事にも縛られない〉

ことへの秘められた願望のさせたことでもあった。

幻八は昨夜来のことを思いおこした。

若林頼母から用心棒の支度金と前渡しの用心棒代、しめて三百五十両を受け取った幻八は、

「昨夜、闇討ちを仕掛けてきたばかりだ。江戸屋敷の敷地内にある江戸家老の役宅を襲撃してくることは、まずあるまい。ともかく、外へ出かけるときは、おれと行を共にすることだ」

そう言い置いて若林頼母の屋敷を後にした。

懐には大金を抱いている。冷え切った、封印つきの小判がずしりと重かった。

（本所の屋敷へ出向き、深雪に金を渡すか）

と、一度は北割下水へ足を向けた幻八だったが、

（深雪に大枚の金を預けても、蓄えて、うまく振り分けて使うことはできまい）

と考えた。何しろ深雪は、生来、金銭の観念の薄い質《たち》なのだ。

「駒吉に洗いざらいぶちまけて、深雪に少しずつ金を渡すよう頼むしかあるまい」

そうおもいなおした幻八は、深川は蛤町へと歩みをすすめたのだった。

幻八のなかには、

「此度《こたび》は命がけのこととなる」

との予感がある。万が一、命を落とすことになっても、当分の間は子供たちを養っていけるはずだった。三百五十両は使いでのある大金なのだ。

お座敷を終えて帰ってきた駒吉は、いつもは徳利《とっくり》を抱えて高鼾《たかいびき》をかいている幻八が、一滴の酒も呑まずに待っていたことに、まずは驚いた。

「話がある」

きちんと座り直した幻八に、さらに駒吉は驚かされた。咄嗟に口走っていた。

「おまえさん、何か悪さをやらかしたんだね。まさか、お役人に追われるようなことをやったんじゃ」

呆気《あっけ》にとられて黙りこんだ幻八の手をとり、真剣な顔つきでいった。

「逃げちゃ駄目だよ。御上にも情けはあるよ。そうだ。石倉の旦那に頼もうよ。罪を軽くしてくれってさ」

握った手にさらに力を込めてつづけた。

「待ってるよ。何年だって待ってるよ。おまえさんは、あたしが本気で惚れた、たったひとりの男なんだ。罪を償って帰ってくる日を、いつまでも待ってるよ」

そういって、じっと見つめた。

幻八は、まじまじと駒吉を見返した。酒がいつもより入っているのか、顔だけでなく耳朶《じだ》まで赤く染まっていた。

「何かいっておくれよ。黙ってないでさあ」

握った手を大きく揺らした。

幻八が駒吉に触れんばかりに顔を寄せた。

「何だよう、そんなに見つめて。まるで見納めになるみたいじゃないか。厭だよ。あたしは絶対離れないよ」

幻八が困ったような顔つきになった。膝《ひざ》を崩して胡座《あぐら》をかき、にやり、とした。

「何だよう。何がおかしいんだよう」

駒吉が焦《じ》れたように身をよじった。

幻八が、今度は鼻の頭をかきながら、ぼそり、といった。

「お座敷で酒をやりすぎたんじゃねえのか」

「そんなこたあない」

といいかけて、はっ、と思いあたった。

「それじゃ、おまえさん、御上に厄介をかけるようなことは何一つやってないんだね。よかった」

きっ、と睨みつけて、

「それならそうと、端《はな》からいってくれりゃいいじゃないか。きちんと正座したりするから誰だって大変なことが起こったとおもうじゃないか」

「さすが駒吉姐さんだ。いい勘してるぜ」

「起こったんだね、大変な事が」

「見てくれ」

幻八は懐から紫色の袱紗《ふくさ》包みを取りだした。

駒吉の前に起き、開いた。

封印付きの小判の山に駒吉の目が大きく見開かれた。

「この金、どうしたんだい」

「三百五十両ある」

「おまえさん、やっぱり悪さを……洗いざらい何でもいっておくれ。あたしは、どんなことがあっても驚かないよ」

幻八がげんなりとした顔つきになった。横目で駒吉をみやった。

「いい加減にしな。こっちが話そうとしても、お前がぺらぺらと、まくして立てるんじゃねえか」

あ、と駒吉が空いた口を手でおおった。うつむいて消え入るような声でいった。

「すこし……酔ってるかもしれないね」

幻八が、再び、姿勢をただした。駒吉も座り直す。

「いいか、よく聞いてくれ」

「話しておくれ。一語一句、聞き漏らすもんじゃないよ」

口をへの字に結んだ。顔は酒で赤く染まっているが、気っ風が売り物の羽織芸者らしい、きりっとした、それでいて小粋な、いつもの駒吉の目つきにもどっていた。

幻八は、大島川で刺客に襲われていた、上総国望佗藩の江戸家老若林頼母を救ったこと、それが縁で用心棒を引き受けることになった経緯を、かいつまんで話して聞かせた。

駒吉は一言も口をはさまず聞き入っている。

さらにつづけた。

「今度ばかりは相手にどんな強い奴が出てくるか、皆目見当がつかねえ」

「お前さんが負けるかもしれない。死ぬかもしれない。そういうことかい」

幻八が黙ってうなずいた。

駒吉が大きく息をのんだ。

幻八は真正面から見つめて告げた。

「で、おまえに頼みたいことがあるんだ」

「頼みたいこと……」

駒吉の目が泳いだ。

少しの間があった。

幻八を見つめなおしていった。

「万が一のことがあったら、この金を、すこしずつ按配《あんばい》しながら深雪さんに渡してくれ。そういうことだね」

幻八が微笑《ほほえ》んだ。研ぎすまされた鋭い目のどこに、これほどの優しさが潜んでいたのか不思議なほどの、包み込むような、やわらかな眼差しだった。

「そうだ」

「頼まれてやるよ。命、賭けて、約束するよ。あたしはおまえさんの」

「女房同然の女だ」

「女房同然かい。女房だといっておくれよ。この場かぎりのことばでいいからいえねえ」

「嘘つき……」

「おれのこころは、駒吉、おまえとひとつさ。嘘やその場かぎりは口が裂けてもいえねえ」

「邪険だねえ」

「そいつは、いえねえ」

さ」


「何とでもいいな。深雪に、ぼんやりでもいい、五助みたいな婿でも迎えて朝比奈の家を継がせたら、そんときは……」

「おまえさん……」

胸に縋ってきた駒吉の肩を抱く手に幻八は力を込めた。

「うれしいよ。そのことばだけで、あたしは死ねる……」

駒吉はさらに深く、幻八の胸に顔を埋めた。


そんときの駒吉の、弾けるような、それでいてふくよかな白い肌の感触が幻八の手に残っている。

幻八は、用心棒の仕事が一段落するまでは蛤町の駒吉の住まいには戻らぬ、と決めていた。駒吉を、危険だ、と分かっていることに巻き込みたくなかった。そのことは駒吉にもつたえてある。

「帰ってくる日を陰膳《かげぜん》据えて待っているよ」

駒吉はそういって、しばらくの間、瞬《また》きもせずに幻八を見つめたものだ。

「幻八さん」

呼びかける声に我れに返って振り向くと、そこに仲蔵が立っていた。手に風呂敷包みを抱えている。新たに売る読売を持ってきたのだろう。

「佐吉が持って出た読売じゃ足りないと踏んで、板元の主人みずからが刷り増し分を運んできたというわけかい」

「礼太もかけずり回っている。人手が足りねえんだ、おれが出張るしかねえのさ」

「どうやら『美女番付』、売れ行き上々のようだな」

「これで三回目のお運びだ。予想より売れている。これで玉泉堂も息がつけるぜ。彫師、刷り師の尻を叩いて急ぎの仕事をさせ、文言ができあがった翌日には読売を売り出す。いつもながらの手並みのよさを、たまには褒めてもらいてえな」

「息がつける、が聞いてあきれるぜ。他の読売の板元が、玉泉堂ひとりに儲けさせるわけにはいかねえ、売れ筋の読売を出さなきゃ板元の名がすたる、と切歯扼腕《せっしやくわん》の有り様だって噂をきいたぜ」

「何が売れ筋のたねになるか、数ある材料のなかから、それを見分ける眼力があるかどうかの違いさ」

「わかってるようなことをいうじゃねえか。売れ筋のたねをだれが見つけだしてくるんだい。仲蔵さんが拾《ひろ》ってくるのは、ほんのわずかの一握り」

幻八がわざとらしく指を折って数えてみせた。

その手を仲蔵が包み込むように押さえた。

「いつもいつも、ありがたく感じておりますよ。どうだい、夕飯でも。佐吉に読売を渡せば、それで仕事は終わりだ」

「ああ。夕飯でも、朝飯でも、昼飯でも、それこそ三度、三度の飯につきあわせてもらうぜ」

仲蔵が、眉を顰《ひそ》めた。

ややあって……。

心得顔になっていった。

「やっぱり、やっちまったのかい。駒吉と丁々発止の大喧嘩《でいり》を」

「まあな」
幻八はするりと顎を撫でた。どう考えようと仲蔵の勝手だ。おもいたいように
おもわせておく方が面倒が少ない、と判じていた。
若林頼母には、あえて駒吉のことは話していなかった。駒吉を危ない目に合わ
せたくない、と端から考えていたからだ。玉泉堂に居候同然に入り浸っているの
で緊急のときはそこに使いを寄越してくれ、とだけいってある。仲蔵には何もい
う気はなかった。読売の板元などという、いつ危ない目にあってもおかしくない
稼業についているのだ。多少の危険は常日頃から覚悟の上のはずだった。それよ
り若林頼母の用心棒を引き受けた経緯など細かい話をしたら、仲蔵のことだ、何
のかのと首を突っ込みたがるに違いないのだ。
「だからいったろう。駒吉を東の大関ぐらいに据えておけって。てめえの色女を
横綱にするのは照れ臭い。大関で我慢しろ、ぐらいのことをいっておきゃ、すん
なりすんだ話だぜ」
「まっ、そういうこった。当分、居候を決め込ませてもらうぜ」
「まかしときな。ただ飯を食わせる、とはいわねえが、幻八旦那のひとりぐらい
面倒をみる器量は、この玉泉堂仲蔵、持ち合わせているつもりだぜ」

胸を大きくそらして、得意げに鼻をうごめかした。

二

「『美女番付』は三刷り分も完売しそうな勢いだ。前祝いといくか」

上機嫌の仲蔵とともに安倍川屋に繰り込んだ幻八は、天麩羅《テンプラ》や好物の揚げ物をたらふく腹に詰め込んだ。が、酒はほとんど口にしなかった。

「どうしたんだい。躰《からだ》の具合でも悪いのかい。いつもは、もうやめな、と止め立てするくらい酒をくらうのによ」

「ほんの気分さ。しばらくの間、酒を控えようと決めたんだ」

「へえ。そりゃまた、どういう風の吹き回しで、そんな了簡《りょうけん》になったんだい」

「先夜の望佗藩の御家老さまの一件が、そのきっかけよ。いつ何時、危ないことに巻き込まれるかもしれねえ。そんなときへべれけに酔ってたら、あっさりお陀仏ってことになりかねないだろう。で、少し酒を」

憎まれ口を叩き合うほどの親しい仲だ。半ば仲蔵への、

「いろいろあるかもしれない。用心だけはしといてくれ」

との忠告の意味を込めたことばだった。

仲蔵はぐい飲みを持つ手を口へ運びかけて止めた。

「それもそうだな」

未練げにぐい飲みを見つめて膳に置いた。その後は、売れ行き上々の『美女番付』の続編をいつ出すか、という話で盛り上がったのだが、

「どうもいけねえ。酒が入らないと、この手の色がからんだ女の品定めの話になると舌がどうにも、うまく回らねえ。酒と色とはやっぱりつながっているものなのかねえ」

「酒が躰に染み渡ってるときゃ、頭も目もうつろで、見るもの聞くもの全部がぼんやりとしてくらあな。いい女でなくともいい女に見えてきて、何とか口説こうと頑張っちまう。そうじゃねえかい」

「自慢じゃねえが、朝起きたら隣りに寝ている安女郎の真っ白けの化粧の浮いた顔が化け物に見える、なんてこたあ何度もある。あまりぞっとしないことだがね」

腹が満たされてくるにつれ眠気が増してきて、早々のお開きとなったのだった。

翌朝、幻八は仲蔵と向かいあって朝飯を食した。男所帯のこと、冷や飯に漬け物、根深汁《ねぶかじる》といった粗末なものだったが、何よりも根深汁の温かさがご馳走だった。

「出かけてくる」

多少もたれ気味の腹にはいい按配の少な目の朝餉《あさげ》をすませて、幻八は玉泉堂を後にした。どこへ行くかはいっていない。仲蔵は、幻八が読売のたねを探しにでかけたとおもっているはずだった。

が、幻八の行く先は決まっていた。小名木川沿いの望佗藩の江戸屋敷へ足を向けている。

毎日、屋敷へ顔を出すと若林頼母と約定していた。

幻八の脳裏に、先日、用心棒を引き受けた折りの光景が浮かび上がった。

「こそこそ出入りをするとかえって怪しまれる。堂々と表門から入り、出る。これに尽きる」

幻八の言葉に、若林頼母は、うむ、と首を捻《ひね》った。

わずかの間があった。

ちらりと、床脇に座している中岡英次郎に視線を走らせていった。

「これなる娘の許嫁、中岡英次郎の剣の腕はいささか頼りない。養子として迎え家督をつがせる婿の未熟な剣を鍛え直すために、わしが特別に頼んで来てもらう剣客との触れこみでは、どうだろうか」

中岡英次郎が呆気にとられたのか、ぽかん、と口を開けた。助けを求めるかのように千浪に顔を向けた。千浪が素知らぬ顔をして、そっぽを向いた。英次郎は、しおれた青菜のようにうつむき肩を落とした。

（これでは死ぬまで頭があがらぬわい。哀れな奴……）

幻八は舌を鳴らしたくなった。男として、あまりにも意気地がない、とおもったからだ。

が、それも仕方のないことかもしれない。しょせん養子に入るしか、武士の家に生まれた二男坊、三男坊が世に出る道はないのだ。おのれの才覚で世に出るには並大抵の努力ではおいつかぬものが、この世にはあった。

身分、格式。富と貧。支配する者とされる者。厳然たる格差が二百数十年余に渡る徳川幕府の治世のもと、作り上げられてきたのだった。奇跡に近い、といってもいいほどの運や、我が身を犠牲にしても、手段を選ばずに他を儲けさせ、その伝手《つて》、引きでのし上がっていく悪どさが備わっていないかぎり、いったん身分、格式において下級との烙印を押された者が、世に出る機会はないのだった。

と……。

突然浮いて出た男の顔があった。

檜山篤石《ひやまとくせき》、であった。

儒学の学習所『篤塾』をつくり、その学識を高く評価された人物であった。

が、実態は篤塾を隠れ蓑に、

「講で発行する講中札を買って講中になり、さらに講中を勧誘すれば、勧誘した講中が買った講中札の代金の一部が割り戻しになる。最初に講中になった者を親とすれば、勧誘した講中は子、子が勧誘した孫にあたる講中が買った講中札の代金の何割かも親の取り分になる」

との儲け話をでっちあげ、江戸市民たちから金を吸い上げる、救民講を組織した悪党であった。

黒幕の悪徳商人や大身の武士は、幻八と江戸北町奉行遠山金四郎の必死の探索により処断されたが、この檜山篤石と用心棒の黒岩典膳のふたりだけは、捕物の網の目をかいくぐって、いずこかへ姿を眩ましていた。

（必ず、どこぞに潜んでいて野望の牙を磨いているはず）

との確信に似たものが幻八にはあった。

（俺も、篤石や英次郎と似て、生まれながらにこの世からこぼれ落ちた者なのだ）

とのおもいが、こころの底で蠢《うごめ》いている。

幻八は沈みかけたおもいを断ち切った。

「その策でいこう」

英次郎は見据えて告げた。

「稽古に手加減はないぞ」

英次郎が上目遣いに幻八をみつめ、力無くうなずいた。その目に恨めしげな光があった。

幻八はうんざりして、視線を宙に浮かせた。

英次郎が大きく肩で息をしている。ぜいぜい、とのどをならす音が耳障りだった。打ち込みの稽古をはじめて小半刻（三十分）もたっていない。受ける幻八は汗ひとつかいていなかった。日頃の鍛錬の差は歴然としていた。

幻八は暇をみつけては近くの河原や空地《あきち》、寺の境内《けいだい》などへ出かけ、真剣の素振りをたっぷり半刻（一時間）は行うよう心掛けている。おそらく英次郎は道場へ出かけたときだけしか剣の稽古をしていない、とおもわれた。

稽古初日ということもあって、検分のつもりか若林頼母が脇息《きょうそく》に躰をもたせかけ、縁側に座って凝然と見つめている。

「疲れたか」

木刀を正眼に構えたまま幻八が声をかけた。

「少々」

かすれた声で英次郎が応えた。声を発したとき、木刀の切っ先が下がり足下がふらついた。慌てて姿勢を立て直す。若林頼母に、ちらり、と視線を走らせた。

若林頼母が渋面をつくって睨みつけた。半ば反射的に怯えて肩をすくめた英次郎が裂帛《れっぱく》の気合いのつもりか、派手に声を張り上げて打ち込んできた。

幻八にするりと身をかわされて、勢いあまった英次郎は数歩たたらを踏んだ。その勢いのまま、したたかに地面を打ち据える。しびれたのか木刀を取り落とし、手を押さえてうずくまった。

「それで目録の腕とは片腹痛い言いぐさ。剣術は商い、と割り切った儲け主義の、いとも簡単に免状を書いてくれる道場に通われたようだの」

近寄った幻八は、座り込んだまま立とうともしない英次郎の首の後ろに、木刀を当てた。

びくり、英次郎の躰が震えた。

「首を切り落とすには格好の形、このまま木刀で打ち据えようか」

ひっ、と呻《うめ》いたきり、英次郎は金縛りにあったかのように動かない。

突然……。

「打ち据えてくだされ。そのような軟弱者、死んだ方がましじゃ。そうなれば心おきなく、文武両道に達した武士を婿養子に迎えることができるというもの。朝比奈殿、容赦はいらぬ」

「しからば遠慮なく」

幻八が木刀を振り上げた途端、英次郎が這いずるようにして逃れ、転がる木刀を手にとった。そのまま躰をひねるようにして横に振る。間合いを計ることもしない。ただがむしゃらなだけの剣法だった。

幻八は後ろに跳んで、再び正眼に構えた。よろよろと立ち上がった英次郎に告げた。

「今の気合いを忘れるな。これからの戦いはすべて真剣での勝負。わずかの油断が命を失う因《もと》となる。死んだら生き返らぬ。二度目の勝負はない。気合いだけが腕の差を縮めることのできる唯一の武器だ」

「はい」

震え声で英次郎が応えた。かぶせるように若林頼母が声高に告げた。

「そうだ、英次郎。これからはつねに死地にあり、との心得をもって行動するのだ。骨は拾ってやる」

「それは、かたじけないかぎり……」

語尾がかすれて消えた。

「打ち込んでこられい」

幻八が声をかけた。

泣き声に似た、甲高《かんだか》い叫びを発して英次郎が打ち込んできた。軽くはじき返して、

「しばし休まれよ」

幻八は一声かけて、英次郎の肩先に木刀を叩き込んだ。

大きく呻いて、英次郎がその場に崩れ落ちた。

縁側に英次郎が寝ている。気絶した英次郎を幻八が抱え上げ横たえた。英次郎は、そのままで身動きひとつしなかった。

千浪は稽古がはじまってまもなく、英次郎の息が上がり足下がふらつきはじめたのを見極めるや、ぷい、と横を向き、自分の居間に立ち去っていった。薄情なことにそれきり座敷から出てくる気配はない。

若林頼母は脇息に両手を置いて、背中を丸めて日向ぼっこでも楽しむような風情で縁側に腰掛けた幻八に躰を向けている。うつむいた頭がかすかに揺れているところをみると、うたた寝でもしているのだろう。

幻八はすでに気づいていた。

若林頼母の背後に寝かされている、中岡英次郎の瞼《まぶた》やまつげが小刻みに震えていることに、である。英次郎が目覚めていることはあきらかだった。が。そのことを若林頼母に告げる気は毛頭なかった。

剣は技である。技を完成させるには最低限度の素質がいる。素質に、それを磨き上げる鍛錬をつづけるための、困難に決して屈することのない精神力と、その場その場の状況を瞬時に見極める才知、胆力が備わって、はじめて才能が開花する。

わずかな稽古であったが、幻八は英次郎に剣の素質も、才知、胆力も備わっていないことを見抜いていた。ようするに剣術には向いていない人材なのだ。

このような人物に教えられる剣技はただひとつ。肉を切らせて骨を断つ相討ちの剣法しかない。

（いつ果ててもよい、との死への覚悟を身につけさせるのみ）

幻八はそう決めていた。

「橋場《はしば》の渡しから少しいったところに、岳念寺《がくねんじ》という寺がある」

うたた寝をしているとしか見えなかった若林頼母が、唐突に声をかけてきた。

幻八が顔を向けた。その目がつづきを促している。

「望佗藩の江戸での菩提寺でな。我が若林家累代の墓所がある」

「どなたかの命日が間近なのですか」

「父上のな」

「万難を廃して墓参せねばなりませぬな」

「そうじゃ。まだ傷は痛むが、行かねばならぬ」

「で、いつ」

「明日だ」

「明日。それはまた急な……」

幻八は呆れ顔で若林頼母を見つめた。いつものことながら、この老人のたがは微妙にゆるんで、ずれている。

「今夜は屋敷に泊まりこんでもらいたい。明六つには出かけたいでな」

そういって、幻八の返答も待たずに目を閉じた。まもなく寝息が聞こえてきた。再びうたた寝をはじめたらしい。

幻八は柱に背をもたせかけた。暖かい陽差しが躰を包み込んでくる。

若林頼母につられたのか、目を閉じた幻八もまた、安らかな寝息をたてはじめた。

三

若林頼母は、馴染みの船宿に猪牙舟《ちょきぶね》を仕立てさせ、望佗藩江戸屋敷そばの小名木川から、大川橋より上流を隅田川と名を変える大川へ出、岳念寺へ向かう道筋をとることにしていた。

千浪、中岡英次郎、勘助《かんすけ》という名の若党と、あてがわれた羽織袴を着込んで、一応の体裁をととのえた幻八の四人を引き連れた若林頼母は、明六つの時の鐘が鳴り始めると屋敷を出た。

江戸屋敷の庭を横切り表門に向かう間、幻八は立木や長屋の蔭などから注がれる、殺気を含んだ鋭い視線を感じていた。

その数から見て、幻八は若林頼母の味方は皆無に近いのではないか、と推察した。

この敵意に満ちた目線を若林頼母が感じ取っているかどうか。幻八は横目でうかがった。

杖をつきながら、ゆっくりと地面を踏みしめるようにして歩いていく若林頼母の顔は能面のように無感動で、こころの動きを知ることはできなかった。

この墓参の道行きも、若林頼母が、

「その健在ぶりを」

まわりに見せつけるための一芝居なのかもしれない。

襲撃を仕掛けてきた者たちは、若林頼母が傷を負ったことは知っている。こうやって歩くことで、たいした怪我ではなかったことを知らしめ、さらに、

「襲撃されても、一向にこたえてはいない。それより見ろ。警護役として雇い入

れた者は、刺客たちを追っ払った凄腕の剣客、その人なのだぞ」

と、次なる襲撃への防御を講じるために、先手を打っているのかもしれない。

（たがの緩み具合は、どうにも読めぬ）

若林頼母に対する幻八の偽らざるおもいだった。

表門の潜り門から通りに出た一行は、高橋のたもとから土手を下った。

この間も、見張りの目線は絶えることがなかった。

幻八は小名木川の川辺へおりる手前で刀の鯉口を切った。刺客が橋板の下に潜んでいるかもしれない、と推測したからだ。幻八の動きに気づいたのか、中岡英次郎が横目でうかがった。

が、表情ひとつ変えていない幻八に何事も感じなかったらしく、そのまま歩みをすすめていく。

と……。

「英次郎、勘助、わしに左右から寄り添え。千浪は朝比奈殿のそばを離れるでないぞ」

若林頼母が振り向きもせず、小声で告げた。

警戒の体制をとった、幻八の気配に気づいた結果の指図とおもえた。

（なかなかのものだ……）

幻八は、おもわず微笑んでいた。元気を装って歩くのが精一杯で、周囲に気を配っているとはとてもおもえぬ、それまでの若林頼母の動きぶりだったのだ。

一行が乗り込んだ後、接岸していた二艇櫓の猪牙舟は一気に漕ぎ出した。一艇櫓より二艇櫓を備えた猪牙舟の方が、はるかに速い。滑るように川面を航行していく。

空には朝日が煌めいていた。水面が、降りそそぐ日差しにまばゆいばかりの光の波紋を放っていた。

大川へ出た猪牙舟は右へ折れ、別の名を新大橋、吾妻橋《あずまばし》ともいう大川橋をくぐって、さらにすすんだ。小名木川にかかる高橋の欄干に身を隠すようにして数名の着流しの浪人風の男がいたのを、幻八は見逃してはいなかった。

大川端からは見張りの気配は感じなかった。さすがに、ここまではつけきれなかったようだ。

幻八は、のんびりとぐるりの景色に目線を投げた。

大川端を職人風の男が数人、道具箱を担いで歩いていく。様子から見て大工仲間のようにおもえた。

猪牙舟のまわりを都鳥《みやこどり》が飛び交い、餌がもらえぬと諦めたか、舞い上がって去った。

大橋を過ぎて少しいくと、橋場の渡しの渡し船が隅田川を横切って橋場へ向かっていた。渡し船には手拭いを頭に巻いた、いかにも貧しげな出で立ちの、化粧気のない女たちが、脇に野菜などが溢れた背負《しょ》い籠を置いて乗っている。町場へ行商に出かけるのであろう。

橋場の渡しに着く渡し船を左手に見ながら、猪牙舟はなおも隅田川を遡っていた。

左に真崎稲荷《まつさきいなり》神社の赤い鳥居、酒井雅楽頭《さかいうたのかみ》の下屋敷の甍《いらか》に重なるようにして朝日神明宮《あさひしんめいぐう》の大屋根が見えた。

幻八は、少年の頃、夢中になって読んだ『太平記』の、隅田川合戦のくだりと橋場の風景を重ね合わせていた。鎧兜に身を固めた騎馬武者たちが、川辺で激しく斬り結ぶさまが鮮明に蘇った。

一瞬の幻影だった。

そこは、たおやかな朝の陽差しを浴びた、立ち枯れた葭《よし》の群生する水辺の風景にもどっていた。

（戦国の世に生を受けていたら、もっと楽しい、おもしろみのある日々を送れたかもしれぬ）

幻八は、ふと、そう思った。

刀を手にして斬り合う。同じ行為が、戦国の世では領地を、国を切り取り、天下を狙う道に通じ、今の世では御家騒動の一派の用心棒に雇われて、あぶく銭を稼ぐ程度のことにしかならない。

むなしいものが幻八の胸中をよぎった。

ふむっ、と幻八は鼻を鳴らした。

（考えてもせんない、つまらぬおもい）

を鼻先ではじきかえしたのだった。

行く手に豪壮な寺院が見えた。三重塔が宝珠を天空に突き立て、威勢を示して聳え立っている。

「あれに見ゆるが青龍山岳念寺《せいりゆうざん》でござる。摂家門跡《せつけもんぜき》の名刹《めいさつ》。わが望佗藩にふさわしき菩提寺でござるよ」

誇らしげにいった若林頼母の目が細められている。三百余藩のうち摂家門跡を菩提寺とする大名家は少ない。名門の家系を継ぐ主家に仕える武士の誇りが、若林頼母の眼差しから読みとれた。

摂家門跡とは、摂家（摂政と関白家）の子弟が入室した寺院でのことである。近衛《このえ》、九条、二条、一条、鷹司《たかつかさ》、藤原北家が摂家として遇されている一門で、摂家門跡の代表的な寺院としては京の大覚寺《だいかくじ》、大乗院《だいじょういん》、実相院《じっそういん》などがある。

摂家門跡より格上の存在としては宮門跡《みやもんぜき》の寺院がある。宮門跡とは出家後に親王宣下《せんげ》を受けた皇子、法親王が住職をしていた寺院のことであって、仁和寺《にんなじ》、聖護院《しょうごいん》、青蓮院《しょうれんいん》、輪王寺《りんのうじ》などがある。

岳念寺の住職同仁《どうじん》は目玉のぎょろりとした、分厚い唇の、四角い顔の大男だった。よく通る声で供養の読経をあげ、丁重に若林頼母に接したが、幻八には、どうにも通りいっぺんの対応としか感じられなかった。

（どうも御家老は菩提寺の御住職様には、あまり気に入られていないようだ）

幻八は墓前での読経を終えて立ち去る同仁の、かつての比叡山の荒法師もかくばかりか、とおもわせるいかつい後ろ姿を見つめながら、そう感じていた。

幻八には、気にかかることがあった。岳念寺の境内に入ってまもなく、渡り廊下の下から出てきた寺侍《てらざむらい》が足を止めた。視線を感じて振り向くと、あわてて奥へ引き返していった。その後ろ姿に何やら見覚えがあるような気がしたが、どこの誰やらどうにも思い出せぬままでいた。

が、誰かに見張られている気配はつづいている。望佗藩の家臣か、ともおもうが、どうやらそうではないらしい。不思議なことに、屋敷を出るときにはあれほど執拗に見張っていた者たちの、殺気のこもった視線が岳念寺のどこにも感じられなかった。

同腹の者たちから、

「今日は御家老の父上の命日」

と聞かされて見張りについていた青山堅持一派の家臣が、

「なら大事なかろう」

と追尾を取りやめたに相違なかった。

しかし……。

あきらかに誰かに見張られている。

幻八はそのことを誰にも告げなかった。いえば一行の動きに不自然なものが現れる、と判じたからだ。

剣の修行を通じて培われた、膚《はだえ》で感じとる気ともいうべきものが、いままで何度も幻八を危難の淵から救ってきた。その気が、いま、はっきりと何者かの視線を感じとっている。

墓参を終え、山門へ向かって境内を横切るとき、その感覚がさらに強く働いた。射るような視線を感じとって振り返ると、渡り廊下の渡り口の柱の蔭に身を置いた僧が、じっと一行を見やっている。朱色の衣を身につけていた。岳念寺では位の高い僧とおもわれた。

幻八は微《かす》かに首を捻った。

坊主に知り合いはいない。が、凝視されているのはあきらかなのだ。僧の顔は柱に隠れてはっきりとは見えなかった。

が、先ほどの寺侍同様、その躰つきに何やら見覚えがあった。

どこの誰か？

記憶の糸をたぐったが、すべてが曖昧模糊として定まらなかった。

「いかがなされた」

足を止めた幻八に若林頼母が声をかけた。その目が、

「何事？」

と問いかけている。
「いや、別に。ただ、境内の立木の見事さに見とれたまでのこと」
幻八はさしさわりのないことばを返した。
「左様。さすがに摂家門跡でござる。何事にも細かい気配りが見受けられるでな」
ぐるりを見渡した若林頼母は満足げにうなずき、歩き始めた。
幻八もつづいた。その背で、痛いほど注がれる僧の視線を感じとっていた。
待たせておいた猪牙舟に乗り込んだ幻八は、僧とは別の目線を受け止めていた。
鋭さに欠けるが、みょうに粘っこい、からみつくような厭《いや》な感覚が、それにはあった。
おそらく、あの寺侍が見つめているのであろう。
幻八は寺侍の姿形を頭で描いた。
どこかで、たしかに会ったような気がする。が、何一つ思いあたるものがなかった。
幻八は考えることをやめた。腕を組み、目を閉じた。
頬をなぶる川風が心地よかった。絶え間なく襲いかかる眠気と懸命に戦っていた。

　昼八つ（午後二時）少し前に若林頼母を送り届けた幻八は、

「着替えをとってくる」

　と理由をつけ、望佗藩江戸屋敷を後にした。

「着替えなら新しいものを買いそろえてつかわす。このまま屋敷にとどまってくれ。何やら剣呑《けんのん》なものを感じるでな」

　と若林頼母は不安を露わに引きとめたものだった。それを、

「藩邸内での刃傷沙汰はまずあるまい」

　と幻八が説得したのだ。

　幻八には確かめたいことがあった。岳念寺からもどる道すがら、次第に膨らんできた事柄があった。

　もしかしたら、あの高僧と寺侍は、若林頼母ではなく幻八を見つめていたのではないか、という疑念である。

　寺侍は、若林頼母が望佗藩の江戸家老であることを知っているはずだった。仕える岳念寺を菩提寺とする大名家の内情を知らなくては、寺侍はつとまらない。

なら、たとえ船路をとったとしても、行く先は小名木川にかかる高橋の近くと推断できるはずだ、見張るつもりなら、陸路をたどって望佗藩江戸屋敷に辿り着くのはわけもないことだった。

実のところ、幻八にとって着替えなど、どうでもよいことだった。新しいものを買いそろえてくれるのなら、それはそれでいい、と割り切っていた。

(もしかしたら寺侍が張り込んでいるかもしれぬ)

と推し量って、それをたしかめるために出かけたのだ。

幻八は尾行されやすいように、わざとゆったりとした足取りで歩みをすすめた。見込み通りだった。

江戸屋敷を出ると、つけてくる者の気配を感じた。

気づかぬふりを装って、大川に架かる新大橋を渡り、まっすぐに浅草安倍川町へ向かった。

玉泉堂に足を踏み入れると、暇を持て余しているのか、所在なさそうに板の間の上がり框《かまち》に腰掛けている礼太が目に入った。

「ちょいと頼みがある」

「あっしでよければ何なりと」

礼太が好奇心を露わに腰を浮かせた。

「俺をつけてきた奴がいる。野暮ったい身なりの寺侍風だ」

「見てくりゃいいんですね」

「じろじろ見て、感づかれるなよ」

「任しといておくんなさい。これでも瓦版屋の端くれでさ。そこんとこの呼吸は心得てまさあ」

胸を叩いて、張り切って飛び出していった。

待つことしばし……。

得意げに肩を揺すって、礼太が帰ってきた。

「どうだった？」

「上々の首尾でさ。寺侍の野郎、玉泉堂の表戸の前を何度もうろついて、時々、立ち止まっては中をうかがう様子がありありで。町家の蔭から見られているともしらないで、間抜けな素振りでしたぜ」

と鼻息荒く、いったものだった。

「礼太、上出来だ」

ねぎらいのことばをかけながら、幻八は別のことを考えていた。

寺侍や高僧は幻八を見つめていたのだ。

となると……。

(奴らが何者か、たしかめにいかねばなるまい)

岳念寺には何やら暗雲が立ちこめている。

幻八はそう推断していた。

四

「当分泊まり込むことになる。駒吉のところへいって、五日分ほどの着替えを受け取ってきてくれ」

礼太にそう頼んで、幻八は奥の座敷へ入って一眠りすることにした。

(若林頼母の屋敷へ出向き様子をみないと、いつまでかかるかわからぬ)

と考えていた幻八は、

「着替えなど後で使いを走らせれば、すむこと」

と手ぶらで出てきたのだった。苦み走った、強面の無頼浪人を気取る身が夜逃げでもあるまいし、大きな風呂敷包みを肩に担いで通りを歩けるか、とのおもいが、幻八に、ぶらりと近くへさまよい出た格好をとらせたのだ。

駒吉にも、

「どれほどの着替えがいるか、いまはわからねえ。礼太か仲蔵を寄越すから、半月、いや一月分《ひとつき》ほど用意しといてくれ」

といいおいてある。

一月のつもりが五日の着替え分に変わったのには、それなりの理由がある。

青山堅持一派の動きを、

「駆け引きの少ない、読みやすいもの」

とみてとったことで、

「此度の用心棒稼業、そう長くはつづくまい」

と踏んだことと、

「着替えは当方にて買いそろえる」

との若林頼母のことばに甘えるつもりでいたからだった。着替えにかぎらず、古いより新しいものがいいのは物の道理、端から分かり切ったことなのだ。

猪牙舟では、あれほど眠かったのに横になるとなかなか寝つけなかった。

目を閉じると、さまざまなことが浮かんできて迷走した。

どうどうめぐりをして、最後は岳念寺の朱の衣を身にまとった、いかにも偉そうな坊主と寺侍におもいがもどる。

(ふたりはぐるなのか)

と思案し、

(そうともかぎらぬ)

とおもい直す。

そうこうしているうちに、陽が傾いたのか、障子が茜色に染め上げられていた。

薄闇がたちこめて来た頃、派手に板の間を踏みならす荒々しい足音が響いた。

(どうやら仲蔵旦那、御機嫌斜めらしい)

幻八は寝たふりを決め込むことにした。

案の定、呼びかけもせずに戸襖が開けられ、

「帰ってたのかい。心配したぜ。昨夜は、どこにしけこんでたんだよ」

遠慮会釈のない大声で仲蔵がいった。

軽く寝返りを打ってちいさく唸った幻八は、芝居がかった動きで両手を突き上げ背筋をのばした。

「狸寝入りをしていたんじゃねえのかい」

仲蔵が痛いところをついてきた。それにはこたえず肩を軽く叩きながら、幻八はいった。

「昨夜、突然、いい用心棒の口にありついてな。泊まりの仕事で日当も悪くない。で、そのまま銭の臭いにつられて、ついていっちまったってわけさ」

「雇い主は望佗藩の江戸家老さまってとこだろ。水臭えなあ。いい儲け口を独り占めするなんてよ」

声の調子で本気で悔しがっているのが、よく伝わってきた、とにかく銭儲けには目がないのが玉泉堂仲蔵なのだ。

「えらく機嫌が悪そうだな。何か起きたのかい」

「わかるかい」

「足音でな。剣客は、わずかに揺れる木の葉の音でも敵の気配を察するんだ」

軽く欠伸《あくび》をした。

「剣客がきいてあきれるぜ。そりゃあ、そんじょそこらの腕前でないことは認めるがよ。剣客ねえ」

鼻先で笑った。

幻八はいっこうに気にする様子もなく、鼻毛を抜いている。何本かまとめて抜いた鼻毛を、ふうっ、と吹き飛ばした。

「汚ねえなあ。居候の身だ。掃除は自分でしなよ」

といいながら、幻八の向かい側に胡座《あぐら》をかいた。

懐から四つに折った紙を取りだして、幻八の前においた。どうやらよその読売らしかった。

「これをみな」

手にとって開いた幻八の眉が顰《ひそ》められた。

「『本家　美女番付』だと。何でえ、こいつは。やってくれるじゃねえか」

幻八の声が尖った。

「景風堂《けいふうどう》の政吉《まさきち》の仕業よ。あの野郎、二度も三度も、いや、五本の指じゃ数えきれないほど、わたしんとこの読売のたねを真似しやがって。今度は『本家』と書きやがった」

「今日、売り出しやがったのかい」

「そうよ。これで続編が出せなくなった。くそっ、儲け損ったぜ」

「もう一度、『元祖』と刷り足した『美女番付』を売り出しちゃどうだい。欲をかいて四刷りまでした売れ残りの読売もさばける一石二鳥の策だとおもうがね」

「そいつは妙案だ。元祖の二文字ぐらいなら、彫師を頼まなくとも、おれだって彫れる。少し手間ぁかかるが刷り師が刷った読売の外題《げだい》のとこに斜めに『元祖』と重ね刷りすりゃすむ話だ」

にやり、として膝を打った。

「礼太。礼太はいねえか」

「いねえよ。おれの着替えを取りに蛤町まで一っ走りいってもらった」

「この忙しいときに、何で使いなんかに出すんだよ。仕方ねえ。元祖の二文字でも彫るか。帰ってきたら、礼太に、刷り師集めに走り回ってもらわなきゃならねえ」

立ち上がった仲蔵へ、幻八が声をかけた。

「刷り師だけじゃあるめえ。いい唄もの師もそろえなきゃ、勝負には勝てねえぜ」

「分かってるよ。わたしは玉泉堂仲蔵、読売の板元稼業に頭のてっぺんから足の先まで、どっぷりと浸かっている男だぜ」

歌舞伎役者よろしく大見得を切ったつもりか、顔をわざとらしく打ち振って、大きく胸を反らした。

翌朝五つ（午前八時）には幻八は望佗藩江戸屋敷へ入っていた。

「婿に迎える中岡英次郎を鍛えるために特に招いた剣客」

という触れ込みが門番にいきとどいているせいか、

「朝比奈幻八でござる」

と名乗るだけで門番が表門の潜り門を開けてくれた。門番が、小脇に抱えた風呂敷包みを胡散《うさん》くさげに見やったが、

「本日より泊まり込んでの指南となり申す」

とつたえたら、

「ご苦労様でございます」

と頭を下げた。

幻八は着流しで通している。袴姿の武士が行き交う藩邸では、あきらかに浮き上がった姿であった。

幻八は意図的にそうしていた。若林頼母を襲った刺客たちは、幻八の顔を見知っている。剣の業前がどれほどのものかも分かっているはずだった。幻八が目立

つ姿で若林頼母の屋敷に出入りするだけで、

「迂闊《うかつ》には襲撃できぬ」

と、警戒を強めるはずであった。

（このことは無言の防御になる）

と幻八は踏んでいた。それゆえ頼母が、

「袴だけでも着けてくれぬか」

とやんわりと頼んでも着流し姿で通していたのだった。


若林頼母の回復ぶりは驚くべきものだった。もともと、出血の割りに傷は浅手だったのだが、治療にあたった町医者の腕がよかったのか、それとももともと頑強な体質なのか、いずれにしても恐ろしいほどの元気さだった。

千浪に案内されて座敷へ入ってきた幻八の顔をみるなり、

「今宵は吉原へつきあってもらうぞ」

唐突に、そういったものだった。

「あまり無理をなされぬ方がよろしいのでは」

床に横たわったままの若林頼母に告げた。

「御家の浮沈がかかるときだ。そうもいってておれぬ。休めるときに休む。それしかない」

寝返りをうって顔を顰《しか》めたところをみると、まだ傷は痛むらしい。

「躰を支えてくれ、とおっしゃられてもお断りしますぞ」

「薄情なやつだ」

目を閉じたまま不機嫌そうに応えた。

苦笑いしながら床の脇に坐した幻八に、

「何がおかしい」

と問うたところをみると、薄く目を開けて横目で見ていたようだ。

「薄情でいってるわけじゃありませんよ。御家老の躰を支えて、手がふさがっていたんじゃ刀が使えない。用心棒の務めが果たせなくなる」

「英次郎と勘助を連れていく。用心棒の仕事を全うしてくれ」

「もちろん、そのつもりさ。ところで」

幻八が、若林頼母の顔をのぞきこんだ。

「何をしに吉原へ」

「英次郎がな、聞き込んできたのじゃ。殿が吉原の角海老楼にお忍びでお出かけになる。『美女番付』なる外題の読売が、いま江戸で評判になっているそうだ。その読売に角海老楼の呼び出しで梅香という遊女が江戸随一の美女、東の横綱と紹介されているという」

「東の横綱、角海老楼の梅香……」

幻八は呆れかえった。おそらく伴野七蔵か腹心の誰かが、読売を買い求めたに違いない。

いまさら、

「あれは、おれと玉泉堂の仲蔵が酒を呑みながら遊び半分に格付けした、独断と偏見に満ち満ちた番付で、そう信用のおけるもんじゃない」

とはいえない。

「『美女番付』の文言を書いたのは、このおれだ」

ともいいたくなかった。そんな自慢のできる仕事ではない。まったくのいい加減、噂だけに聞き耳立ててた、嘘の塊みたいな中身なのだ。第一、幻八は梅香の顔すら知らない。いや、梅香どころか東の大関と格付けした上野広小路の水茶屋の茶汲み女、お登美も見たことがなかった。

幻八は『美女番付』とは、まったくの無関係、知らぬ顔の半兵衛を決め込むことにした。

「ほう。その『美女番付』って読売、それほど評判になってるのかい」

「そうらしい。柳の下の二匹目の泥鰌《どじょう》を狙って別の板元が『本家　美女番付』なる読売を出したほどだそうな」

一息置き、痰でもつまったのか大きく咳払いをして、若林頼母が吐き捨てた。

「なにが『本家』だ。他人の褌《ふんどし》で相撲をとるような、二番煎じの板元が恥知らずもはなはだしい」

幻八は、おもわず、にやりとしたくなった。さすがに望佗藩江戸家老だ。見るべきところはちゃんと見ている、とおもったのだ。

「江戸随一の美女と評されている梅香にお目もじできるとは、一生ものの目の保養ですな。実に楽しみだ」

渋面をつくって若林頼母がいった。

「物見遊山に出かけるのではない。角海老楼から江戸屋敷へ殿を連れ戻す覚悟でおる。そのために権門駕籠《けんもんかご》を二丁仕立てるよう、勘助に命じてある」

「権門駕籠といえば通例、裃《かみしも》着用でなければ乗れない、といわれている最上級の町駕籠。まさか……」

「殿の御前に参上するのじゃ。裃を着用するのは当たり前のこと」

「それはあまりに……」

　無粋な、といいかけた幻八のことばを若林頼母が遮った。

「朝比奈殿にも羽織、袴を身につけていただく。此度は譲れぬ」

五

　大門の前で権門駕籠をおりた若林頼母は裃姿のまま、吉原へ繰り込んだ。空の権門駕籠二丁を袖門の脇に待たせてある。

　大門口に入ってすぐのところ、両脇にある、

『門』

の字を長円《ちょうえん》で囲った高張提灯に火が入れられ、夜空を切って明るさを誇っていた。

　仲の町の通りには茶屋が連なっている。通りの左右を区切るように緑豊かな立ち木が連なり、灯りのともった誰《た》そや行燈が周りを囲むように立ちならんでいた。突き当たりの水道尻と呼ばれるあたりに、聳《そび》え立つ火の見櫓がみえる。

頬隠し頭巾で目だけ出した武士や、宗匠頭巾をかぶって宗匠を装ってはいるが、あきらかに坊主の変装姿とわかる初老の男に大店の番頭風、職人などが身分を忘れて、そぞろ歩いている。

格式最高級であることを示す惣籬《そうまがき》の大見世、一段格下の半籬の交見世《まじりみせ》ともいう中見世、さらに一段下の惣半籬の小見世の前には、籬のなかに居並ぶ遊女たちをのぞき込む男たちが群れていた。

籬とは見世先の格子窓のことで、全面が格子のもの惣籬を、四分の一だけ仕切られたものを半籬、半分に仕切られた形を惣半籬といった。見世の格によって遊びにかかる金高に差があり、男たちは自分の懐具合にあった見世を選んで遊んだ。

江戸町一、二丁目、京町一、二丁目、角町の五つを五丁町または丁と呼んだ。元吉原時代からある由緒ある町の名で、とくに江戸町一丁目には大見世、中見世が多かった。

杖をついた裃姿の、気むずしげな顔つきの若林頼母が通りをゆく姿は場違いなものだった。行き交う者たちが露骨に物珍しげな視線を向けていく。つき従う幻八は辟易していた。

（これでは歌舞伎役者の襲名披露の顔見せ道中だ）

できれば離れて歩きたかったが、用心棒である以上そうもいかない。右脇にぴたりと寄り添い、ぐるりに警戒の視線を注いですすんだ。

角海老楼は江戸町一丁目にあった。若林頼母は店先にかけられた大暖簾をかき分け、見世の中でぐいと足を踏み入れた。

若い者がすっと寄ってきた。

「お遊びでございますか」

「連れがきているはずだ。梅香という遊女の座敷じゃ」

「……どなたさまをお呼びすればよろしいので」

「おそらく江戸留守居役の伴野七蔵が同席しているはず」

「あなたさまは」

「江戸家老の若林頼母じゃ」

幻八たちを目線で指し示し、

「連れのものだ。通るぞ」

「お待ちくださいまし」

遮るのへ、

「伴野は来ている。そうだな」

眼光鋭く睨みつけた。

「それは、たしかに」

「留め立て無用じゃ。き奴めの進退にかかわる仕儀。ひそかにおさめようとしているのじゃ」

「それでは」

ことばを切って、じっと見つめた。探るものが目の奥にあった。

若林頼母が見つめ返す。

しばしの間があった。

「お通りくださいまし。二階の座敷でございます」

先に立って歩き出した。案内するつもりらしい。

階段の上り口にさしかかった。寄ってきた男衆が腰を屈め、愛想笑いを浮かべていった。

「腰のものをお預かりいたします」

と両手を差し出した。

「預ける気はない」

白髪頭を突き出して睨みつけた。

「吉原の決まりでございます」

笑みを絶やさず告げた。たとえ相手が大身の武士でも梃子《てこ》でもひかぬ、との不敵なものが物腰から感じられた。

「決まりでございます」

とことばを重ねた。

「決まりでは仕方ないな」

横から幻八が口をはさみ、大小を腰から抜いて男衆に渡した。

「御家老、野暮はここでは通りませぬ」

といい、若林頼母の大小の鞘に手をかけた。

「これ、何をする」

押さえようとのばした手を肘で押さえ、刀を引き抜いた、手をのばして男衆が若林頼母の刀を受け取った。

「お心づかい、痛み入ります」

男衆が幻八に丁重に頭を下げた。

中岡英次郎も勘助も、刀を別の若い者に手渡した。

廊下の突き当たり、左側の座敷の前に座った男衆が、

「お連れさまがおいででございます」

戸襖ごしに声をかけた。

「連れ？　そのような者、いるはずもないが」

中から訝しげな声があがった。

「伴野の声じゃ」

若林頼母がいきなり戸襖に手をかけた。

「お待ちくださいまし」

男衆がのばした手を払いのけ、声をかけた。

「若林頼母でございまする、火急のことゆえ入室いたします」

戸襖を開け、座敷に入ってすぐのところに座り両手をついた。幻八は開け放たれた戸襖の廊下側に坐し、座敷内に目を走らせた。

床を背に青山長門守直範《あおやまながとのかみなおのり》とおぼしき武士が座っていた。放埒《ほうらつ》な、乱れた暮らしぶりが青白い顔色からうかがえた。傍らに侍《はべ》る、こころの動きが感じられない顔つきの、豪勢な衣を身にまとった女が梅香のようだった。

（はるかに駒吉のほうがいい女だ）

不意に湧いたおもいに幻八は胸中で苦笑いを浮かべていた。比べるなど何の役にも立たぬことなのに、なぜこんな気持ちになったのか自分でも不思議だった。

（つまるところ、おれも駒吉に惚れているのだ）

やに下がりそうになるのを懸命に押さえた。

平伏したまま、若林頼母がいった。

「このまま私めと江戸屋敷へ引き上げてくださりませ。芳《かんば》しからぬ風聞が御上に洩れ聞こえましたら大事に至る恐れもございまする。なにとぞ私めと共にお戻りくださいませ」

青山直範は眉ひとつ動かすことなく、冷ややかに若林頼母を見つめた。額に青筋が浮いている。癇癖《かんぺき》の強い質とおもえた。

「つまらぬ」

盃を高足膳に投げ捨てるように置いた。

「七蔵。今日のところは頼母と共に引き上げる。家臣とはいえ、余には恩ある者じゃ。顔を立てねばなるまいて」

「後の始末はつつがなく」

若林頼母を一瞥しようともせず、伴野七蔵が膝に手を置き、深々と頭を下げた。

若林頼母は平伏したまま顔をあげようともしない。

幻八は、若林頼母が推測以上に四面楚歌の立場にあることを思い知らされていた。

権門駕籠に乗って、青山直範が若林頼母とともに吉原を後にするのを見送った伴野七蔵は控える杉浦伝八《すぎうらでんぱち》に告げた。

「駕籠の手配を頼む。二丁だ。俺とおぬしの分だ」

「行く先は？」

「橋場の岳念寺へ参る。知恵者の篤円《とくえん》殿にお目にかかり、殿を下屋敷へお連れする手立てを至急講じねばならぬ。若林頼母の用心棒、朝比奈幻八を打ち果たす策も練らねばなるまい」

遠ざかる二丁の権門駕籠を見据えつつ、伴野七蔵は凍えきった音骨《おとぼね》で告げた。


岳念寺の山門と大甍が、夜の闇のなかに漆黒の影を落としている。その一画、庫裡《くり》の一室から漏れるあかりが、あたりをおぼろな光で照らし出していた。

燭台の炎が微かに揺らいだ。

何者かが部屋に入ってきたのだ。

戸襖を閉めて、寺侍が振り返った。

「急な呼び出し。何かあったのか」

僧衣を身にまとったふたりのうちの、若いほうが顔を向けた。

「典膳、若林頼母が突然、角海老楼に現れ、殿を連れて引き上げていったそうだ。そちの仇敵、朝比奈幻八を用心棒として連れていたという」

「朝比奈幻八め、性懲りもなく」

典膳と呼ばれた寺侍が憎々しげに吐き捨てた。

月代をととのえ一見、務め大事の寺侍に見えるこの男の顔が憎悪に歪み、日頃は隠されている獰猛さが剝き出しとなった。その顔つきで、寺侍の実体がはっきりした。『篤塾』の主宰檜山篤石の後ろ盾の一人であった、豪商蔵前屋に雇われ、篤石の用心棒もつとめた無頼の剣客、黒岩典膳の悪相がそこにあった。

日暮《ひぐらし》の里にあった、蔵前屋《くらまえや》の寮に踏み込んだ江戸北町奉行遠山金四郎の仕組んだ捕物の網の目を逃れた黒岩典膳は、完遂寸前の悪事を暴いた蔭の立て役者ともいうべき幻八を、町屋の蔭で待ち伏せした。が、あえなく敗れ、峰打ちを喰らって地に伏した。その屈辱をいまも忘れてはいない。

そのとき、蔵前屋の寮から北町奉行所の手の者の追尾を振り切り、逃げのびた男がもうひとりいた。悪の知略をめぐらせ、仕掛けを情け容赦なく遂行した張本人檜山篤石であった。

そういえば、剃髪《ていはつ》した青光りする坊主頭ですっかり様変わりしているが、

「典膳」

と呼びかけた三十半ばとおもえる僧の顔を、もしこの場に幻八がいて凝視したら、はた、と膝をうって、

「檜山篤石だ。間違いない。まさしく檜山篤石」

と驚きの声をあげたに相違ない。

庫裡の奥座敷には、上席に住職の同仁、傍らには檜山篤石、向かい合って伴野七蔵、杉浦伝八が、少し離れた戸襖の前には黒岩典膳が坐していた。

「篤円《とくえん》殿は朝比奈幻八をご存知か」

伴野七蔵が問いかけた。

「知っている。先日、墓参に来られた若林頼母様にしたがい、当寺へ姿を現したときも姿を見届けている」

そうこたえたところを見ると、檜山篤石、いまは名を変え、篤円、と呼ばれているようだった。

「黒岩殿とのさきほどのやりとりからみて、何やら以前にかかわりがあったようにおもわれるが」

「いや、なに、腐れ縁でござるよ」

篤円がことばを濁した。

黒岩典膳が口をはさんだ。

「朝比奈幻八は聞き耳幻八と異名を持つ読売の文言書きでな。本所北割下水に住まう、微録の御家人朝比奈鉄蔵の嫡男でもある」

「読売の文言書き」

「御家人の嫡男とな」

伴野七蔵と杉浦伝八が、ほとんど同時に驚愕の声を発した。

「御家老はそのこと、ご存知ないのか。此度のわれらが仕掛けた殿のご乱行、朝比奈幻八の動きしだいでは、御公儀と世間に同時に知られる恐れもある。そうなれば一大事だ」

伴野七蔵が呻くようにいった。

「そのこと、気にするには及ぶまい」

穏やかな口調で同仁がいった。

「なにゆえに」

伴野が問うた。気色ばんだものがその声に含まれていた。

「知っていたとすれば、われらが若林頼母の責を咎める因《もと》となる。どんな手立てを講じても事が表沙汰にならぬよう朝比奈幻八の口封じをするだろうよ。また」

伴野に目線を投げて、つづけた。

「朝比奈幻八にしても微禄で困窮しておるのはあきらか。金が欲しいから用心棒を引き受けたのじゃ。儲け口のひとつじゃ。大事にすることはあっても粗略に扱うことは、まずあるまい」

「ご賢察、恐れ入ります。朝比奈幻八は銭には目がない男。読売の文言書きとは表向きの生業《なりわい》。その実、読売のたね探しで得た醜聞の主に脅しをかけ、口を封じるにはなにがしかの心付けを、と多額の金子《きんす》を強請《ゆす》りとることでたつきをたてている無頼の輩でございます」

篤円のことばを受けて、伴野七蔵がいった。

「金で封舌できる輩か。が、剣の腕は凄まじいものがある」

「ようは朝比奈幻八を若林頼母から引き離せばすむこと。よき手立てがあります。それも殿の関心を買い、さらにご乱行に走らせる秘策が」

「その策とは」

「朝比奈幻八が文言を書いたとおもわれる、美女番付に載った女たちを片っ端からさらってきて、殿の夜伽《よとぎ》の相手をさせるのでございます。美女番付で名をあげた女たちが、行方知れずになったと知れば、幻八は必ずや探索にのりだしましょう」

「若林頼母の用心棒どころではなくなるというわけか」

「左様。女たちの扱いに困れば、しょせん下賤の者、殺して、どこぞ人目につかぬあたりへ捨てればすむこと」

「すべて殿の乱行の果ての不始末というわけですな。さすがに知恵者の篤円殿、頭のめぐりが違う」

心服しきった伴野七蔵の口調であった。

「その知恵が欲しいからこそ、すべてに目をつぶって客僧として迎えたのだ」

そういった同仁が、一座を見回してつづけた。

「先君が急逝されたとなれば、望佗藩四万五千石を継ぐべき第一等の人物は、血筋を繋ぐ青山堅物様しかおられぬはず。それが世の理《ことわり》、物の道理というものじゃ。また、今は亡き母が乳母をつとめた縁の深いお方でもある。どのような手段を講じても、わしは堅物様を望侘藩の当主にしてみせる。堅物様もそれをお望みじゃ」

一気にいい、さらにことばを重ねた。

「当主直範殿はわしが江戸屋敷より連れ出す。わしは菩提寺の住職じゃ。青山家代々の心得について講義などしたい、と申し入れれば、当寺へ呼び寄せるなど造作もないこと。講義のあと、御乱行の殿がどこへいこうが、わしには一切かかわりないでな」

揺らぐ蠟燭の炎のつくりだした不気味な陰影が、含み笑う同仁の顔を千変万化させ、地獄の悪鬼さながらの形相をつくりあげていた。

第三章　州崎《すさき》ノ浜《はま》

一

若林頼母にしたがい、吉原の角海老楼から直範を江戸屋敷に連れもどった幻八は、翌朝、

「読売の仕事が気になる。玉泉堂にいるので火急の場合は勘助でも寄こしてくれ。暮六つにはもどる」

と若林頼母にいいおいて屋敷をあとにした。

昨夜の今日、まして昼間は何事もおこるまい、と判じたのか若林頼母も止め立てすることはなかった。

玉泉堂へ向かう道筋が、幻八に、懐かしい故郷へでも帰ってきたような安らぎをおぼえさせていた。

「左様。しからば」

の、何かといえば体面をとりつくろう武士の暮らしが、幻八には形だけを重んじた、こころのないものにおもえて仕方がなかった。

怒ったり、泣いたり、笑ったりと、おもうがままにこころをぶつけあう暮らしのほうが、ずっとおれにはあっている。偽らざる心境であった。

（しょせん。おれは武士には向いてないのだ）

父鉄蔵は、おれが、

「家督は継がない。深雪に婿を迎えて、朝比奈の家を継がせてくれ」

といったら、どうするだろう。存外、

「それもよかろう。気の向くままにせよ」

と、いともあっさりと廃嫡してくれるかもしれない。それとも、

「わしの跡取りは幻八、おまえしかおらぬのだ。朝比奈の家を継ぐは生まれ落ちたときから定められた、いわば宿運ともいうべきこと。これだけは譲れぬ」

と厳しく言い募るかもしれない。幻八には、どちらになるか見極めがつかなかった。

（相手のあること、思案をめぐらしてもどうにもならぬ）

幻八は考えるのをやめた。

荷を積んだ船が大川を遡《さかのぼ》っていく。

新大橋の真ん中あたりで幻八は足を止めた。積み荷が、定められた重さを遥かに超えているのか、船縁《ふなべり》が水面すれすれまで沈んでいる船がほとんどだった。

流れに逆らい上っていく船もあれば、江戸湾へ向かって、下っていく船もある。上りの船同様、下る船のほとんどが荷を積んでいた。沖合に停泊している諸国へ廻る五百石船、千石船へ積み込む荷を運んでいるのであろう。

幻八は、ぶつからないのが不思議なほどひしめきあって、上り下りする船を見るのが好きだった。

（蟻が休むことなく餌を巣に運んでいる姿に似ている）

とおもう。町人のほとんどが、その日暮らしに近い日々を送っている。働きつづけなければ干上がってしまうのだ。

幻八は望佗藩の御家騒動におもいを馳せた。

藩内の権力を握ろうとして、青山堅物一味と若林頼母の一派が血みどろになって争っている。

少なくとも、そこには飢えも貧困もなかった。暮らしに余裕があるからこそ、謀略をめぐらすことができるのだ。

望佗藩四万五千石が不行き届きのかどで御家取り潰し、改易の憂き目にあい、藩が消滅しても、青山監物と若林頼母は相争うだろうか。答えはあきらかであった。

禄高によって差はあろうが、浪々の身となれば微禄の者は明日にも、大身の者でもいずれ食い扶持に困ることになる。権力争いの御家騒動など、誰ひとりとして行おうとする者はいないはずなのだ。藩の消滅は、手に入れようとする権力そのものが消滅してしまうことを意味する。

幻八は、望佗藩の御家騒動を鎮める手立てを考えついていた。

「おれが、事の顚末を書き記した上申書を評定所に提出すれば、すべて終わる」

幕府の財政は逼迫《ひっぱく》していた。望佗藩を取り潰し領地を天領とすれば、わずかながら財政は潤うのだ。幕閣は事の理非を糾《ただ》すよりも、まず望佗藩を取り潰すことに走る、と幻八はみていた。上申書は匿名でもよい。ようは幕閣の耳に届けばいいのだ。

微禄とはいえ朝比奈家は幕府直参の御家人である。どこをどうつつけば上申書を握り潰すことが出来ない道筋をたどることができるか、組織の抜け道は読みとることができた。

（ある意味では、望佗藩四万五千石の命運は、このおれが握っているのだ）

そうおもえば痛快でもあった。が、幻八には、望佗藩を廃藩に追い込む気はさらさらなかった。

幻八にとって、望佗藩の内紛は、

「大金を手にする」

絶好の機会であった。騒ぎが大きくなればなるほど、稼ぎの場がひろがることになるのだ。剣しか取り柄がない、と判じている幻八にとって、紛争のあるところは絶好の稼ぎ場であり、ありがたいことこの上ない、猟場であった。

「堅物様は幼少の頃より粗暴の気があってな。気に染まぬ。ただそれだけの理由で数人の腰元を無礼討ちにされたことがある。兄君であった先々代はじめ国元、江戸屋敷詰めの重臣たちが事の露見を恐れ、揉み消すためにどれほど腐心いたしたことか。しょせん藩主にはなれぬ二男坊の鬱屈がさせたこと、と後年おっしゃられたそうだが言い訳に過ぎぬ。そんなお方が我が主君とは崇められぬ」

と苦々しく吐き捨てた若林頼母の陰鬱な顔つきが、幻八の脳裏の片隅に残っている。

幻八は、

〈すべて金稼ぎ〉

と割り切っていた。

が、

〈損得感情だけで動いている烏合《うごう》の衆〉

と面つきあわせているのが、とにかく鬱陶《うっとう》しかった。

幻八にとって、玉泉堂は息抜きの場となっていた。仲蔵も、それなりに小狡《ずる》い男だったが、その勘定高さは底の割れたものだった。若林頼母や伴野七蔵らにみられる澱みきった底なし沼のような、腹の奥底まで断ち割ってみなければ読みきれないものではなかった。

思案をかさねながら歩いているうちに、玉泉堂に行き着いていた。

入ると、礼太が風呂敷包みを背負って、上がり框《かまち》から草履へ足をのばしたところだった。

「いるかい」

幻八が親指を立てた。

「大張り切りでがなりたてててまさあ。昼間もめぼしい神社の参詣客相手に売りまくれ、というわけで、これから唄もの師の佐吉さんとこへ読売を届けに突っ走るんでさ」

「『本家　美女番付』の売れ行きはどうだ」

「とりあげた女が、うちの番付とだいぶ違ってやしてね。いい勝負ってとこですかね」

「じゃ仲蔵旦那は、かなりかりかり来てるだろうな」

礼太が人差し指を立てた両手を頭の脇につけて、

「こんなもんでさ」

とおどけてみせた。そのとき、

「いつまで油売ってやがるんだ。とっとと出かけやがれ」

仲蔵の怒鳴り声が背後から浴びせられた。

「ほらね」

首をすくめた礼太が跳び上がるようにして走り出ていった。

奥から現れた仲蔵が幻八にいった。

「おや、誰かとおもえば聞き耳の幻八さんじゃねえかい。玉泉堂はお見限りじゃなかったのかね」

「嫌味はなしにしな。江戸屋敷の居心地が悪くて多少ご機嫌斜めなんだ」

「いい儲け口を独り占めしたんだ。苦労はつきものってもんだぜ」

「命がかかってるんだ。何なら譲ってもいいぜ」

幻八が顎を撫でた。腕っ節のほどは、さほどではない仲蔵のことだ。危ないことは、できるだけ避けて通るようにしているのは先刻承知のことだった。案の定、

「私は荒事はあわない質《たち》でね。ま、遠慮しときやしょう」

と、そっぽを向いた。

「昨夜は忙しくてな。みょうに疲れが残っている。すこし眠らせてもらうぜ」

幻八は板の間に上がった。ずい、と奥へ入っていく。その背に仲蔵の声がかかった。

「荒稼ぎもいいが読売のたね探しもしっかり頼まあ。間が開いたら江戸屋敷へ押しかけて催促することになるぜ」

幻八は振り返ろうともせず、奥の座敷へ去っていった。

二

江戸屋敷の中庭を横切って若林頼母の屋敷へ向かった幻八は、立ち木の陰に身を潜めるようにして勘助が立っているのに気づいた。挨拶をかねて軽く手を揚げた幻八には見向きもせず、あわてて奥へ駆け込んでいった。その動きに幻八はただならぬものを感じとった。

（何が起こったのだ？）

幻八は足を速めた。

表門に設けられた潜り口を押すと、いとも簡単に開いた。屋敷内へ足を踏み入れた幻八の行く手に中岡英次郎が立っていた。目が血走っていた。

「どうした」

幻八の問いかけに英次郎が目線で奥を指し示した。

「急ぎ御家老の居間へ」

とその目が促していた。

若林頼母は脇息に両肘をつき、背中を丸めて座っていた。入ってきた幻八の顔を見るなり告げた。

「殿が連れて行かれた」

「連れて行かれた？」

鸚鵡《おうむ》返しに幻八が問うた。

「昼過ぎに、岳念寺の住職道仁殿が何の前触れもなくまいられての。『望侘藩の代々藩主につたえられてきた、藩主たる者の心得について教導したい』と岳念寺へ連れ出したのじゃ」

「殿様は用がすみ次第、江戸屋敷へ戻ってこられるのでは。行く先は岳念寺とはっきりしている。何の心配もいらぬはずだ」

若林頼母が気まずい顔つきで幻八を見やった。

「その岳念寺が問題なのじゃ」

幻八は若林頼母に訝しげな視線を向けた。

若林頼母がつづけた。

「実は、道仁殿の母御は青山監物殿の乳母だったのだ」

「それでは、岳念寺の御住職は青山監物と同腹の者ということに」

幻八が墓参の折りに感じた、

「御家老は御住職から疎まれているのでは」

とのおもいは決して的外れではなかったのだ。

「端からそのことを教えてくれりゃ策のたてようもあったのによ」

幻八が不快を露わにして舌を鳴らした。

「すまぬ。まさか道仁殿まで、あからさまに青山堅物一派に味方する動きをなさるとはおもわなんだ」

「江戸家老の立場上、殿には溜まっていた政務を片付けてもらわねばならぬ、と突っぱねればよかったのだ。弱腰が過ぎるんじゃないのかい」

「……それは出来ぬ。道仁殿は我が望佗藩江戸詰めの家臣たちの先祖代々の墓を預かる菩提寺の住職じゃ。その住職に『代々藩主の心得を説いて聞かせる』といわれたら逆らう道理がなくなる」

幻八は黙り込んだ。

（立場、習わしに縛られるからこういうことになる）

腹が立った。

（何のために吉原の角海老楼まで出かけたのだ）

とのおもいが強い。

直範の身柄さえ押さえておけば、青山監物の腹心ともいうべき伴野七蔵の張り巡らす籠絡《ろうらく》の謀略など、仕掛ける機会もなくなる。

「いまごろ御殿様は下屋敷へもどられ、取り巻きたちと酒池肉林の宴を催しているかもしれぬな」

幻八が吐き捨てるようにいった。

「まだ、わからぬ」

「どうなっているか探索しろ。そういうことなのだな」

「そうだ。いまから岳念寺へ出向き、殿が寺におられるかどうか確かめてきてほしい」

「いまから？　一晩中見張れとでもいうのか」

「火急の場合だ。やむを得まい」

「昨夜は吉原の角海老楼に出向いて、今夜は岳念寺かい。人づかいが荒すぎるぜ」

「出かけてくれるな」

有無をいわせぬ若林頼母の物言いだった。

「仕方がない。用心棒代も、たんまりもらっているしな」

渋々うなずいた幻八に、

「英次郎と一緒にいってくれ。何かの役には立つだろう」

「あまり頼りになるともおもわないがね」

「すぐ出かけてくれ」

若林頼母はそういって目を閉じた。背中を丸めて、さらに脇息にもたれかかった。幻八のことなど忘れたかのような態度だった。

幻八は右脇に置いた大刀に手をのばした。


閉じられた岳念寺の山門の扉の前に、幻八と中岡英次郎は思案顔で立ち尽くしていた。

落葉が突風にあおられ、足下から吹き上がって散った。夜をおおった雲が流され、切れ目から月が顔をのぞかせた。

幻八がぐるりを見渡して、ぽそりといった。

「さて、どこから忍び込むか、だ」

「張り込むだけにしませぬか。盗人《ぬすっと》の真似事など、武士たる者のするべきことではありませぬ」

幻八が呆《あき》れかえった顔つきで、しげしげと中岡英次郎を見やった。

「何か顔についていますか」

英次郎が懐から手拭いをとりだした。

「汚れちゃいねえよ」

伝法《でんぼう》な口調だった。山門を見上げてつづけた。

「お殿様は寺ん中にいるんだぜ。もっとも。いたとしたらの話だがな」

「朝比奈殿は、殿はすでにいずこかへ移られたと」

「おそらくな」

「下屋敷でしょうか」

「調べるか、下屋敷を」

中岡英次郎があわてて首を横に振った。

「とんでもない。御家老から『岳念寺を見張れ。殿がおられるかどうか、たしかめよ』と命じられております」

「命じられております、か。なら、忍び込むしかないな。外からじゃ岳念寺の大屋根と境内の立ち木しか見えないぜ。どうやってお殿様がいるかどうか、たしかめるんだ」

「それは……」

「盗人の真似事をして忍び込むしかあるまい」

「そうです」

忸怩《じくじ》たるおもいにとらわれているのか声が揺れた。

「で、どこから忍び込みますか」

覚悟が決まったのか、はっきりした物言いだった。

「いま考えているところだ」

「境内から大木の枝が突き出ています。枝に何とかして飛びついて」

「飛びついたら枝が揺れるだろう。音がするぜ」

あっ、と大きく口を開けた。まわりに視線を走らせて指さした。

「塀の脇が小高くなっているところがあります。爪先立てば塀屋根に手が届くかもしれませぬ」

幻八が凝然《ぎょうぜん》と見つめた。

「そうだな。肩車をすれば何とかなるかもしれぬな」

「では、ただちに」

行きかけた中岡英次郎の肩を、

「待て」

と幻八が押さえた。

中岡英次郎が振り向いた。

「何ゆえの止めだて」

「聞こえぬか」

「は?」

「足音が近づいてくる。入り乱れた足音。多人数だ。身を隠すのだ」

幻八は門から少し離れたところに茂る低木の陰に身を翻した。躰《からだ》を低くする。

中岡英次郎もつづいた。隣りに身を置いた。

岳念寺の山門が開かれた。中から寺侍たちが出てきた。七、八人はいるだろうか。

幻八は目を凝《こ》らした。

先頭に立つ寺侍の顔に見覚えがあった。

「あやつは……」

さらに瞠目した。

寺侍に姿が変わってはいるが、まさしくその顔は蔵前屋の用心棒であり、『篤塾』の用心棒も兼ねていた黒岩典膳のものだった。

「月代をきれいにととのえているから人相が変わってみえるが間違いない。あやつだ」

呟きを中岡英次郎が聞きとがめた。

「知り人ですか」

「まだわからぬ。たしかめてくる。ここで待ってろ。出入りする者を見張るだけでいい」

「それでは殿の調べができませぬ」

「ひとりで忍び込むかい」

突き放すようにいった。

「いや、それは」

「なら、待ってろ」

山門の扉が閉じられる音が響いた。

「しっかり見張れよ」

顔を黒岩典膳たちの後ろ姿に向けたまま、幻八はゆるりと立ち上がった。

隅田川の水音が絶え間なく聞こえてくる。

静謐《せいひつ》があたりに立ちこめていた。

黒岩典膳たちは川沿いの道を歩いていく。

すでに五つ（午後八時）は過ぎていた。遊びに出るには半端な刻限といえた。

寺侍たちの詰め所で酒盛りをしていた様子もみえない。酒に酔った者たちにありがちな、浮わついた素振りがどこにもなかった。はっきりとは見えなかったが、いずれも剣呑《けんのん》なものを躰から発しているのを、幻八は感じとっていた。

脇目もふらずに歩みをすすめる黒岩典膳たちの動きからみて、何らかの目的があっての外出、と幻八は推断していた。

行く手に真崎稲荷の鳥居が黒い影を浮かせている。

川のせせらぎの音が前より大きくなったように感じられた。あたりには人影どころか野良犬一匹見えない。静寂が深まったのを、幻八は皮膚《はだ》で感じとっていた。

（これでは気配を消しきれぬ。まもなく尾行に気づかれる）

だからといって、このまま手をこまねいているわけにはいかなかった。

（どうする？）

さまざまな思案が幻八のなかで錯綜し、乱れた。

数歩ほど歩みをすすめただろうか。幻八の面に不敵な笑みが浮いた。
胸中でそう呟いていた。
（これしかない）
幻八は足を速めた。早足になりながら大刀の鯉口を切っていた。
走り出す。
最後尾をゆく寺侍が気配に気づいて振り向いた。
幻八は、すでに大刀を抜き放ち、寺侍たちの間近に迫っていた。
「黒岩典膳、逃さぬ」
一声発して、斬りかかった。
気迫に圧《お》されたのか寺侍たちが左右に割れて、幻八に道を譲る形となった。
黒岩典膳は、予想だにしなかったことに棒立ちとなっていた。
次の瞬間……。
「朝比奈、幻八」
驚愕の呻きを発した。
黒岩典膳は身を翻して十数歩走った。くるり、と振り向きながら大刀を抜いた。
駆け寄った幻八が右八双から大刀を叩きつけた。黒岩典膳もまた右八双から刀を振った。

ぶつけあった刀身が鈍い音を発し、夜陰を切り裂いて火花が飛び散った。

ふたりはたがいに跳び違い、行く手に立ちふさがる位置に身を置いた幻八は、右下段に構えた。

「こやつ、許さぬ」

気を取り直した寺侍たちが、黒岩典膳の左右に走り寄り、大刀を抜き連れた。

「黒岩典膳、腕を上げたようだな。おれが峰打ちをくれたときよりは受けた刀に力があった」

「勝負をつけようというのか」

黒岩典膳の大きく見開いた目が血走っている。

寺侍たちが一歩足を踏み出した。

それをみて、幻八が、にやり、とした。

「おれは黒岩殿に用があるんだ。それに、斬る気ならとっくに斬っている。それがわからぬ黒岩殿ではあるまいに」

黒岩典膳は身構えたまま、凝然と源八を見つめた。ややあって、いった。

「たしかに。あの夜は刀をぶつけあったとき、痺れるほどの衝撃を両の手に感じたものだった」

黒岩典膳が刀を下ろした。鞘におさめる。

「黒岩さん。どうなさったのです」

「やらないんですか、こやつと」

気色《けしき》ばんだ寺侍たちに黒岩典膳がいった。

「朝比奈殿は強い。おぬしらが束になってかかってもやられるかもしれん。それより小島《こじま》」

「何でござる」

黒岩典膳の腹心とみえる寺侍が目を向けた。

「われらは約束がある身。おれは朝比奈殿と旧交をあたためる。おれの代わりをおまえがつとめろ。待ち合わせたお方に事の顚末をつたえ、指示にしたがうのだ。よいな」

「承知しました」

刀を鞘にもどし、左右に目線を走らせた。

「聞いてのとおりだ。別邸へ向かうぞ」

その下知に寺侍たちが刀をおさめ、歩きだした小島につづいた。

幻八も刀を鞘へおさめた。道脇へ身を寄せ、小島たちに道をゆずった。

黒岩典膳も小島たちも気づいていなかった。

「別邸」

と聞いたとき、幻八の目がわずかに細められたことに、である。下屋敷は別邸の役割を持つ。幻八は、直範が下屋敷へ移った、と推断していた。

立ち去っていく寺侍たちの後ろ姿を見送りながら幻八がいった。

「どうやら寺侍の差配格のようだな。用心棒稼業のごろんぼ浪人だったお主が、たいした出世をしたものだ」

「何もかも、おまえのお陰だ。峰打ちですませてくれたからこそ、いま、おれは生きている」

そういいながら歩み寄った黒岩典膳が、手練の抜き打ちを幻八にくれた。

幻八も居合いの早業で応じていた。鋼の鈍い衝撃音が響いた。

同時に、一本の刀が宙に跳ね上げられていた。

愕然と立ち竦んだ黒岩典膳の眼前に、幻八の大刀が突きつけられていた。

「なぜ、殺さぬ」

呻《うめ》いた。

「殺す？　何のために」

幻八の声音は、あくまで穏やかだった。

「何のためだと。いま、おれはおまえを殺そうとしたのだぞ」

黒岩典膳をじっと見据えた。

「死にたいか」

「死にたい奴など、いるものか」

「そうだろうな。おれも死にたくない。いっとくが、おれは、ほんとうのところは人を斬るのは好きじゃないんだ」

「何をいいたいのだ」

「せっかく身なりだけでも堅気《かたぎ》の寺侍になったのだ。こころも堅気になればいい、とおもってな」

「何で、そんなことをいうんだ」

幻八は、ふうっ、と息を吐き出した。

「おれにも、わからぬ。ただ」

「ただ……」

幻八を見つめた黒岩典膳の目が、ことばの意味を探っていた。

「一度峰打ちですませたおまえだ。袖擦り合うも他生の縁、という。できれば、おれのこの手で命を奪うようなことはしたくない。そんな気がしているだけだ」

「殺せ。後悔することになるぞ」

「何度やっても、おれが勝つさ」

「勝負は時の運、というぞ」

「うるせえ。四の五のいう前に、しばらく頭を冷やして考えろ。いまは人斬りをする気分じゃねえんだ」

半歩身を引くや、幻八の峰打ちが黒岩典膳の脇腹に炸裂した。

黒岩典膳は大きく呻いて、その場に崩れ落ちた。


懐手をして幻八が岳念寺の山門の前へ戻ってきた。低木の陰から黒い影が飛び出し、駆け寄った。中岡英次郎だった。

「人の出入りはありませぬ」

生真面目な顔つきで告げた。

「お殿様はここにはいないぜ。たしかめてはいないが、おそらく望佗藩の下屋敷におられるはずだ」

「やはり」

「引き上げるぞ」

踵《きびす》を返し歩きだした幻八を、中岡英次郎があわてて追いかけていった。

三

「わからぬ」

独り言《ご》ちて黒岩典膳は首をひねった。

幻八が、なぜ二度も峰打ちですませたのか、その理由が、どうにも解《げ》せないのだ。

昨夜、黒岩典膳は降り出した小雨の冷たさに身震いして気絶から覚めた。真夜九つ（午前十二時）を告げる鐘の音が風に乗って流れてきた。おそらく浅草寺の鐘の音であろう。真崎稲荷などへの参詣客で賑わう昼間は、このあたりではおぼろにしか聞こえない鐘が、静寂が支配する深更にはよく聞こえる。

岳念寺を出たのは宵五つ（午後八時）すぎだった。望佗藩下屋敷で伴野七蔵と落ち合い、その手の者とともに『美女番付』で横綱はじめ大関、関脇、小結の三役に格付けされた美女のひとりを拐《かどわ》かしに向かう、と決めてあった。

片腕ともいうべき小島要蔵《ようぞう》には、伴野七蔵の指示にしたがえ、とつたえてある。

(この時刻では、すでに女の拐かしに仕掛かっているはず。下屋敷へ出向いても無駄足というもの)

そう推断した黒岩典膳は、容赦ない峰打ちの一撃を食らった脇腹の痛みに呻きながら立ちあがり、岳念寺へ戻ったのだった。

黒岩典膳は、本堂の裏手にある大木の切り株に腰を下ろしている。

夜明けとともに次第に雲が薄らぎ、昼も間近になった今は、木々の間から陽光が差し込んでいた。黒岩典膳はひとりになりたいときは、この林に来て、さまざまな思案をめぐらす。いつのまにか身についた過ごし方だった。

(聞き耳幻八に峰打ちをくらってから、おれは、少し変わったようだ……)

あの場の有り様からいって、斬られて死んでも不思議ではなかったのだ。

「わからぬ」

黒岩典膳は、さらに呟きを重ねて首を傾《かし》げた。

幻八が二度も峰打ちですませた理由が、どうにも読み解けないのだ。胸のなかに黒雲のような、どんより重いものが居座っている。

主宰する学問所『篤塾』を隠れ蓑に『救民講』という、いわゆる鼠講の組織をつくり、集めた金を幕閣の要人らにばらまき、後ろ盾となっていた大身の旗本を大名に列しさせ、さらに老中に押し上げようとの謀略を推し進めた桧山篤石の狙いは、大身旗本が大名に成り上がった暁には国家老筆頭におさまる、というものであった。

その檜山篤石の野望は、幻八の追及であえなく水泡に期した。用心棒の頭格として豪商蔵前屋に雇われていた黒岩典膳は、篤石ともども北町奉行所の厳しい包囲網を逃れた。

「聞き耳幻八に一矢報いる」

と、逃亡の途上、たまたま見かけた幻八の後をつけて、行く先に目星をつけた典膳は、先回りをして不意打ちを仕掛けた。

が、勝負に敗れ、峰打ちに倒れたのだった。

北町奉行所の追及の網をくぐり抜けるようにして、板橋宿の田舎やくざの用心棒をやっていた黒岩典膳は、墨染めの衣を身につけた托鉢の坊主に声をかけられた。

「典膳、おれだ」

雲水笠を持ち上げた坊主の顔は檜山篤石のものであった。

「檜山篤石、殿……無事でござったか」

「いまは、篤円、と名乗っている」

と応えた檜山篤石こと篤円は、この日、黒岩典膳に、

「今一度、仲間にならぬか」

と仕掛けの仔細を語って聞かせている。

が、なぜか黒岩典膳は返答を濁した。篤円となった檜山篤石には前にも増して凶悪なものが漂っていた。

「何としても世に出て、権勢と身分、巨額の富を手にしてみせる。そのためには手段を選ばぬ」

と目をぎらつかせて語る篤円の、魔物に憑《つ》かれたかのような様相に、

「とてもついていけぬ」

とのおもいにかられたのだ。

が、

「岳念寺の寺侍になれば、町奉行所の支配が及ばぬ、寺社にかかわりのある者と

いうことになる。奉行所の追及からは逃れられる」

　との篤円のことばには惹かれた。

　篤塾がらみの蔵前屋の用心棒をやるまでは、町役人に追われるような悪事には加担していなかった。

　やくざの用心棒を引き受け、縄張り争いの喧嘩で相手方のやくざを斬り倒したり、金貸しの取り立ての手伝いをして、病人の布団をはぐ程度のことだったのだ。やくざ同士の刃傷沙汰は渡世うちの話、金を返さなかった貧乏人は何をされても文句をいえないで、ただ泣き寝入りするだけの弱い立場ということもあって、かなりの荒事をしても町奉行所の手をわずらわすことはなかった。

　が、若年寄堀田《ほった》安《あ》房守《わのかみ》や蔵前屋を動かして檜山篤石が仕掛けた悪さは、人の命を奪うことも何とも思わぬ凶悪極まるものだった。

「このまま蔵前屋の用心棒をつとめていては、いずれ町奉行所のお縄にかかることになる。うまく一味を抜けねばなるまい」

　と思案はしたものの蔵前屋の出す手当が破格のこともあって、それこそ銭に目が眩《くら》み、ずるずると日を過ごしているうちに事が露見したのだ。

　篤円との再会から数日後、

「奉行所の追及からは逃れられる」

とのことばに負けて、黒岩典膳は岳念寺に出向いた。出てきた僧に取次を頼むと、朱の衣をまとった篤円が薄笑いを浮かべて出てきた。

「来てくれるとおもっていた。おおいに腕をふるってくれ」

「お世話になる」

と黒岩典膳は頭を下げた。

篤円にたいする扱いがやけに丁重だったのと、朱の衣というのが気にかかって問うと、

「客分の高僧という触れこみになっている。岳念寺では副住職扱いという立場にある」

と応えた。

篤円は住職道仁の接見の間へ黒岩典膳を案内した。かねて話が通してあったらしく道仁は、

「柳剛流《りゅうごう》の使い手だとか。つつがなく務めを果たしてもらえれば、ゆくゆくは上総望陀藩の剣術指南役として推挙いたしましょう」

と厳かに告げた。

そのことばを聞かされたとき、黒岩典膳は天にも昇る気になったものだ。

「黒岩殿には新たに組織する武官隊の隊長を務めていただきたい」

篤円がいい、

「頼りにしておりますぞ」

と道仁がことばを添えた。

黒岩典膳は畳に額を擦りつけんばかりに平伏した。武士とは名ばかりの親代々の浪人である。無頼の暮らしに溺れきり、その日その日の糧のために多少の悪事は目をつむってやってきた身であった。その身が、

「望佗藩の剣術指南役」

の地位にありつけるのだ。推挙してくれた篤円におおいに感謝してもいいようなものだった。

が、素直に喜べないものもあった。篤円から望佗藩の御家騒動のことは聞かされていた。代々藩主の血脈をつなげる国家老筆頭の一派と江戸家老一派の次代藩主の座をめぐっての争いだという。

「多くの血をみることになる」

と覚悟を決めてはいるが、藩にかかわりのない者たちの命までは奪いたくなか

った。

しかし、

「望佗藩剣術指南役」

の地位には、しがみつきたかった。

「生涯、二度とめぐりあうことのない好機」

とのおもいが強い。

「ま、やるだけやってみるさ」

と、かつての用心棒仲間に声をかけ、一ヶ月もたたないうちに、めぼしい者たち十数名を集めて武官隊を組織した。

以来、数ヶ月、道仁のところへ足繁く通ってくる伴野七蔵らの知己を得て、篤円が加わる集まりに顔を出すようになった。

集まりに顔を出すようになった黒岩典膳は、武官隊は望佗藩藩士が表立って動けぬときに働く、遊撃隊のような存在に位置づけられていることに気づいた。

「これでは刺客の集団とかわらぬ」

そうはおもったものの、寺侍でいるかぎり町方から追われる心配もない。望佗藩剣術指南役の夢も捨てがたかった。

篤円の幻八への憎悪は凄まじいもので、

「朝比奈幻八と敵対するようなことがあれば今度は必ず命を奪う」

と目をぎらつかせた。

黒岩典膳にしてみれば、闇討ちを仕掛けたにもかかわらず峰打ちですませてくれた相手である。

なぜ峰打ちで終わったのか理由のほどは分からぬが、ある意味では幻八は《命の親》といってもいい存在でもあった。

が、篤円の仲間である以上は、一応、

「幻八憎し」

の格好だけはとりつづけなければならない。

「話をあわせるにも、少し疲れてきた」

とおもいはじめた頃、初の任務が与えられた。

若林頼母暗殺、がそれである。

望佗藩の藩士七名と黒岩典膳ら武官隊が一群となって、遊里に遊ぶ藩主青山直範をもとめて忍び姿で出かけてきた若林頼母を襲った。

が、取り逃がし、行方を追っていた一群は若林頼母を見いだして、目的を果たそうとしたときに、なぜか立ちふさがったのが幻八だった。

酔っているにもかかわらず幻八の剣の冴えは相変わらずだった。

黒岩典膳は「形勢悪し」と判断し、一味に引き上げを命じた。

「朝比奈幻八との出会いはたまたまのこと。二度と出くわすことはあるまい」

と考えていた黒岩典膳だったが、墓参のため岳念寺に現れた若林頼母の供のなかに幻八を見いだし、驚愕した。すぐさま篤円に告げたところ、

「篤塾を壊滅させ、我が夢を砕いた憎き奴。復讐のときが訪れたのだ」

と敵意を剝き出しにし、尾行をするよう命じた。

篤円は執念深い男だった。

「幻八を若林頼母から引き離す」

との理由をつけ、幻八が文言を記した『美女番付』に名をつらねた美女たちを片っ端から拐かし、直範の夜伽の相手をさせることを画策した。

さらに、

「幻八の書いた文言がもとで女たちが神隠しにあった」

との噂を流し、幻八を窮地に追い込んで、その面目を失墜させ破滅の淵へ沈めようと目論んでいた。

「わからぬ」

と三度、黒岩典膳は首を捻《ひね》った。

昨夜、幻八と遭遇したとき、なぜ仲間たちとともに討ち果たそうとしなかったのか。ひとりで勝負を挑むより、はるかに勝算は高かったはずである。

（が、おれはひとりで戦うことを選んだ）

その選択をさせたものが、最初に峰打ちをくらって以来、つねにこころの奥底に澱《おり》のように溜まっている、

（錬磨してきた柳剛流の剣が、やつの鹿島神隠流《かしましんいんりゅう》にさほど劣るとはおもえぬ。なのに、なぜ負けたのだ）

とのおもいにあると、おぼろげながら感じはじめている黒岩典膳であった。

「次は負けぬ」

思わぬ口をついて出たことばに黒岩典膳は戸惑っていた。

（おれに剣客のこころが残っているというのか）

黒岩典膳は開いた両の掌をじっと見つめた。竹刀胼胝《しないだこ》が、まだ、その形をとどめていた。

貧困を極めた浪人暮らしのさなか、鳶《とび》の手伝いなどをして稼いだ銭をつぎ込んで懸命に剣の修行に励んだ日々が蘇ってきた。

あと一月もすれば四十になる。世間的には、不惑の年齢《とし》といわれる頃合いであった。

(不惑か……)

すべてが成り行きまかせ。何事に対しても深くつきつめて考えたことはなかった。ただ流されつづけてきただけの生き様だったような気がする。

黒岩典膳は手を握りしめた。

拳にさらに力を込めながら立ち上がった。

「勝つ。必ず朝比奈幻八に勝ってみせる」

刀の鯉口を切るや裂帛の気合いを発し、大刀を鞘走らせた。刃のあまりの速さに、切り裂かれた空気が大きく鳴って揺れた。

黒岩典膳は、ひたすら剣を打ち振りつづけた。無心に剣を振る黒岩典膳の顔に汗が噴き出て、大きく飛び散った。

四

「わからぬ」

幻八は首を捻った。

なぜ黒岩典膳が仲間を先に行かせ、ひとりだけ残ったのか。ひとりより多勢のほうが討ち取りやすいのは、あきらかなのだ。

が、ひとり残った。

不意打ちは、ごろんぼ用心棒の暮らしが身についた黒岩典膳らしいやり口だと断じていた。

あきらかに勝負を挑んできたのだ。それも一対一の、まっとうに近い勝負を、だ。

一度目の不意打ちを仕掛けられたときは、通りに散乱した小判に血がかかると拭いたりする手間がかかって面倒だと判じて、峰打ちにした。

しかし、二度目は峰打ちにしなければならない特別な理由はなかった。

強いてあげれば、

「仲間を先に行かせて、ひとりで戦いを挑んできた潔さがつたわってきた」

とでもいおうか。

黒岩典膳は、どんな伝手《つて》で岳念寺の寺侍におさまったのだろうか。

思案しかけたとき……。

突拍子もないことが幻八の脳裏を襲った。

（まさか……）

無意識のうちに首を横に振っていた。

が、すぐにも、

（ありえないことではない）

との思いが頭をもたげてくる。

遠山金四郎こと遠山左衛門尉景元《さえもんのじょうかげもと》率いる、北町奉行所の手の者が蔵前屋の寮に踏み込み、多数の講中を殺して分配すべき大金を懐におさめるなど、凶悪極まる悪事を重ねた救民講にかかわる者たちを縄目にかけた。

そのとき、黒岩典膳以外にも逃げおおせた者がひとりいた。

篤塾の主宰で救民講の仕組みをつくり、組織した檜山篤石である。

（檜山篤石は学識の徒だ。知り人のなかに坊主がいてもおかしくない）

幻八は、渡り廊下の渡り口の柱の陰に立ち、凝っと見つめていた僧侶のことをおもい起こしていた。

朱色の衣をまとった高僧とも見ゆる坊主であった。

幻八は視線を宙に浮かせた。

柱に背をもたせかけ、足を投げ出した。腕組みをする。

(岳念寺へ出向き、たしかめるか。が、まずは一寝入りだ)

小さく欠伸をして、目を閉じた。


「朝比奈殿。起きてくだされ」

呼びかける声が遠くから聞こえる。

いきなり強く肩を揺すられて、幻八は大きく唸って薄目を開いた。

目の前に中岡英次郎の顔があった。

流した視線の先に投げ出した足が見えた。柱によりかかっている。ぐっすりと寝入ってしまったらしい。

うむ、と頭を振って眠気を払った。

英次郎の顔を見据えた。

「何だ」

中岡英次郎が座り直して応えた。

「伴野様が急なお出かけの様子。今日は、江戸で商った望佗藩の農作物の売り上げを記した帳簿を改められる予定だったのですが、突然、予定を変えられて」

「通報があったのか」

「御家老派の家臣もおりますので。表向き中立を装っていますが」

英次郎が得意げな顔つきをした。

「御家老が、伴野から目を離すな、といわれたのだな」

「如何様《いかさま》」

「やれやれ、いつもながら人づかいの荒いことだ。たっぷり前金をもらってるし、仕方がない。出かけるか」

幻八が欠伸をしながら立ち上がった。

「身共《みども》もまいります。御家老の命です」

刀架にかけた大刀を手にとった幻八の背中に、英次郎が声をかけた。

伴野七蔵は、

「出入りの商人たちが日頃どういう商いをしているか、抜き打ちにのぞいてくる。場合によっては宴席に招かれることになるやもしれぬ。帰邸は明日の夕方とおもってくれ」

と下役の者に言い置いている。

幻八と中岡英次郎は見え隠れに尾行していた。

伴野七蔵は高橋を渡り、左へ折れた。小名木川沿いの道をまっすぐに歩いて行く。一度も後ろを振り向こうとはしなかった。

「木場へ向かっているようですね。おそらく出入りの材木問屋杉戸屋《すぎとや》の店へ行くのではないかと」

中岡英次郎が顔を寄せ、小声でいった。

幻八は無言でうなずいた。

伴野七蔵は、中岡英次郎が尾行してくることは承知の上で行動している、と幻八はみていた。

かつて中岡英次郎は尾行に気づかれ、ほうほうの体で逃げ帰ってきた、と若林頼母が幻八に話してくれたことがある。

素直でなかなかの好青年なのだが集中力が欠落している。腰が軽く、すぐ行動するが早呑み込みで慎重さに欠ける粗忽者《そこつもの》、短い付き合いだが、幻八は中岡英次郎をそうみていた。

（中岡英次郎の、この動きぶりでは尾行に気づかれないのがおかしい）

幻八は、あえて咎めようとはしなかった。咎めたところで急に直せるものではない。人には向き不向きがある。剣術同様、尾行、張り込みなど、非常時に行わねばならぬことには一切向いていない、太平の世にしか生きられない類の男が中岡英次郎なのだ。

伴野七蔵は新高橋を右へ曲がり、横川ぞいに木置場へ向かった。

木置場の近くには、江戸指折りの材木問屋が軒をつらねている。江戸の町では、よく火事が出た。焚き火の燃え滓から大火になったこともある。風が強い日には、舞台を照らす明かりに蠟燭を使う歌舞伎などの興行は、中止するよう定められていた。

まさしく、火事で燃えては新しい家屋を建てる、の繰り返しで成り立っていたのが江戸の町であった。

伴野七蔵は、材木を浮かべた溜池ともいった様子の木置場を右に見て、さらに歩みをすすめた。

「どうやら目当ては材木問屋ではなさそうだな」

幻八が、肩をならべる中岡英次郎に小声でいった。

「当てがはずれましたな。どこへ行くつもりだろう」

首を傾げた。

不二見橋《ふじみばし》を渡ると、左手に松平相模守《さがみのかみ》など大名家数藩の下屋敷が甍をつらね、威容を競っていた。

道が右へ折れてつづいている、増山河内守《かわちのかみ》の下屋敷の白塀が切れた先に、洲崎弁天の大屋根が見えてきた。

伴野七蔵は左へ折れ、洲崎弁天へ入っていく。

「洲崎弁天詣でとは、神信心に熱心な者ともおもえぬが……」

幻八は足を速めた。

少し遅れた英次郎が小走りで追いついてきた。

「なぜ急に早足に？」

幻八は呆れかえった。前を見据えたまま吐き捨てるようにいった。

「神社には本殿に修行堂、末社《まつしゃ》と建物が点在している。くわえて吉祥院という別当もある。参詣客相手の茶店も多い。どこかへ入ったら見失うことになる」

伴野七蔵は、洲崎弁天の境内にある海沿いに建つ茶屋へ入っていった。『浜風《はまかぜ》』と書かれた柱行灯《あんどん》がかかげられた、瀟洒なつくりの料理茶屋であった。

「どうやら千鳥でも眺めて骨休み、といったところらしいな」

幻八がぐるりをみまわしながら、いった。

「策士が策を立てるに疲れ果てて、一休みしたくなる。その気持、わからぬでもありませぬな。そこらの茶屋で休みますか」

中岡英次郎がすたすたと歩き出した。どうやら手近な茶屋へでも入るつもりらしい。

「待て。どこへ行く」

幻八が呼び止めた。

足をとめ、振り返った。

「茶屋で一休みするのでは」

「どの茶屋でもいい、というわけではあるまい」

「といいますと」

「伴野が出てくるのを見張れる茶店でなければなるまい。まずは場所を決めるが先決であろうが」

これではまるで英次郎のお守りをしているようではないか。幻八は舌を鳴らしたくなった。一人の方がずっと気楽でいい。心底そうおもった。

幻八と中岡英次郎は『浜風』のはす向かいの茶店に入り、奥まったところにある緋毛氈《ひもうせん》の掛かった縁台に腰をおろした。

『浜風』の建物の向こうに江戸湾が見えた。風がないせいか、穏やかな海原が広がっていた。

(小さいが波頭が千変万化する。この景色なら多少待たされても退屈はせぬ)

幻八は海に茫洋とした視線を注いでいた。

次の瞬間……。

「あれは」

と呟き、立ち上がった。

「何か」

問いかけた中岡英次郎を見向きもせず、幻八は海辺へ走った。

中岡英次郎が追いついて、海際に立つ幻八とならんだ。

「見ろ」

幻八の声にただならぬ緊迫があった。

遠ざかる小舟を指差す。

見つめた中岡英次郎が呻いた。

「まさか」

波を避けてか岸辺に沿うようにして小舟がすすんでいた。小舟にひとりの武士が乗っていた。後ろ姿が伴野七蔵に似ていた。

幻八は目を凝らした。

「ここからじゃ、よく見えねえ」

大きく舌を鳴らしていた。伴野七蔵は尾行されていることに気づきながら、とくにまこうともしなかった。いまはじめて、その理由をさとったからだった。

(はじめから船を使う気でいたのだ)

迂闊だった。予想すらしていなかった。

幻八は、さらに船を見つめた。

「あのまま行くと江戸川の河口とぶつかる。江戸川を上るか。それとも、そのまま……」

　幻八が独り言《ご》ちた。聞きとがめた英次郎が叫ぶようにいった。

「行徳だ。行徳の永観寺《えいかんじ》へ向かうのだ」

「行徳の永観寺だと」

　幻八の脳裏に若林頼母のことばが蘇った。

「青山監物と伴野七蔵が行徳の永観寺で密かに談合した、との報告をうけております」

　英次郎を見やった。

「なぜ永観寺だとわかるのだ」

「永観寺の住職日心《にっしん》殿は、岳年寺の道仁殿と同じ師のもとで修行した弟子、肝胆相照らす仲と調べがついております」

　幻八は黙り込んだ。

　ややあっていった。

「このまま、すごすごと引き上げるわけにはいかねえ。一か八かの賭けになるが、おれたちも船を手配して行徳へ向かおう」

「それしか手立てはありませぬな」

英次郎が眦《まなじり》を決した。

五

船は江戸川の河口に入った。

船頭が手慣れた櫓《ろ》捌きで川面を遡っていく。幻八と中岡栄次郎は船のなかほどに前後して座っていた。

行徳は塩の産地で、浜辺には塩田が延々とつらなっている。塩を焼く塩竈《しおがま》から煙が立ちのぼり、手を休めることなく働いている塩焼きの人足たちの姿があちこちにみえた。

船は行徳船場に接岸した。成田不動尊へのおびただしい参詣客で船着き場は賑わっていた。房総《ぼうそう》、常陸《ひたち》の国々への街道筋ということもあって旅籠《はたご》が立ちならび、繁盛の地でもあった。

行徳に降り立った幻八は中岡英次郎の案内で永観寺へ向かった。地の鎮手として村人たちの信仰を集める神明宮や行徳八幡宮、鎌倉時代の仏工運慶の作と伝えられる阿弥陀如来像を本尊として崇め、剣豪宮本武蔵の供養塔のある、海厳山徳願寺などの由緒ある神社仏閣が点在している。

永観寺は行徳入口の縄手にある甲宮《かぶとのみや》にほど近いところにあった。小山の地形をそのまま利用して造られた、天然の要塞をおもわせる寺院だった。ぐるりは生い茂る雑木林にかこまれており、外部から遮断された感があった。密議には最適の場とおもえた。

幻八と英次郎は山門の向かい側に立ちならぶ並木の根元に座っていた。歩くのに疲れたふたりがのんびりと一休みしている。傍目《はため》にはそう見える景色だった。

「密議の地が、なぜ行徳なのだ」

幻八が問いかけた。

「国元の望佗からは房州街道の一筋道。江戸からは」

「船路をたどれば尾行される心配のない地というわけか」

「そうです。それより」

「それより、何だ？」

「ここからは何もみえません。忍び込むしかないのでは」

中岡英次郎の声音に苛立ちがあった。すでに小半刻（三十分）近く、その場に座りこんでいた。

「気づかぬか」

幻八が低くいった。面倒くさげで投げ遣りなものが、その音骨《おとぼね》にあった。正直いって、英次郎の粗忽さと軽率さには少々疲れはじめていた。この男、反省するこころに欠けている、とおもった。同じ過《あやま》ちを何度も繰り返している。そのうち、とんでもない失態を犯すのではないか、との厭《いや》な予感が頭をもたげた。

「何かあるので」

案の定、緊張感のない応えが返ってきた。

「山門の左右。大木の蔭に数人の見張りが潜んでいる。それが、おれがこの場を動かぬ理由だ」

英次郎が目を凝らした。

「あんまりじろじろ見るな。張り込みに気づかれる」

「は」

あわてて顔を背けていった。

「身共には何もみえませぬが」

幻八は、じろり、と英次郎を見やった。吐き捨てるようにいった。

「そのうちわかる」

英次郎が首を傾げた。どこか不満げな顔つきをしている。

さらに小半刻ほど過ぎた。

すやすやと寝息が聞こえてくる。見ると、中岡英次郎がうたた寝をしていた。

幻八はそのままにしておいた。疲れているのはわかっている。見張りは一人で十分なのだ。

と……。

幻八の目が細められた。

雲水笠をかぶり、墨染の衣をまとった雲水が錫杖《しやくじよう》を手に歩いてきた。

「あの坊主、どこかで見たような……」

岳念寺の渡り廊下の渡り口の柱の蔭から、幻八を凝視していた朱色の衣を着た高僧に体付きが似ている気がした。が、そうでもないような気もする。

(記憶が曖昧だからだ)

幻八は考えるのを止めた。が、いずれ何者かたしかめねばならない相手、というおもいが残った。

雲水は、永観寺の前にさしかかると何の躊躇もなく左へ折れて、山門へ向かった。

やって来た方角からみて、江戸からの旅か、ともおもわれた。が幻八はすぐに、その推測を打ち消した。常陸国から水戸街道をたどる道筋もあれば、奥州街道、日光街道を経て千住へ出、松戸へと抜けて江戸川沿いに下って行徳へ向かう道筋もあった。

幻八は、青山監物一味が密議の地になぜ行徳を選んだか、その深謀を思い知らされていた。行徳は、どこから来たか特定しにくい土地でもあった。

陸路だけではない。江戸川へ出るには利根川、荒川などの水運、江戸には江戸川へ出るための、いわば塩を運ぶ水路として掘削された運河、小名木川も存在する。

行徳は交通の要所といえた。が、雲水の墨染めの衣が、さほど埃をかぶっていないところからみて、長い旅ではなかったことが推定できた。

(おそらく江戸から来たのだ)

幻八はそうおもった。

雲水は山門への坂道を登っていった。

雲水が山門間近へ迫ったとき、左右の木陰から数人の武士が湧き立つように現れた。

「起きろ」

幻八は中岡英次郎の肩を強く揺すった。

低く呻いて目覚め、寝惚《ぼ》け眼《まなこ》を幻八に向けた英次郎にいった。

「見ろ」

山門を指し示した。

まだ完全には目覚めていないのか、のろのろした仕草で目を向けた中岡英次郎の背が、ぴしりと伸びた。

「見張りがいた」

口をあんぐりと開けたまま、幻八を見返った。

「見張りがいるところをみると、青山監物はすでに永観寺のなかにいるだろう。われわれより先に船路をたどった伴野七蔵も、当然のことながら到着しているはず。今、曰くありげな雲水も山門を入った。役者はそろった、とみるべきだ」

「それでまもなく密議がはじまると」

「密議が夜までつづくとはかぎらぬ。夜、忍び込もうと考えていたが、どうやらそうもいかぬ羽目に陥ったようだな」

「まさか、まだ陽のあるうちに忍び込もうというのでは。見張りはあの者たちだけとはかぎりませぬぞ」

「よい知恵が浮かばぬ。こうなれば幻八流でいくしかない」

「幻八流？」

にやり、としていった。

「一か八か、やってみるしかない、という兵法でな」

「斬り込むのですか」

驚愕に目を見開いた。怯えが、その眼差しにあった。

「おぬしはおれに見え隠れについてこい。おれが斬りこめば必ず奴らは座敷から出てきて姿を曝《さら》すだろう。それをおぬしが見定める」

「それでは朝比奈殿の命が危ういのでは」

「ひとりのほうが気が楽なのさ。おぬしまで助けねばならぬ、となると余計な力をさかねばならぬでな」

「それは……」

あまりにも馬鹿にした、といいかけたことばを呑み込んだ中岡英次郎は、腹立たしさを隠しきれずに頬を膨らませた。

幻八は気づかぬふりをしてつづけた。

「幸いなことに伴野七蔵以外はおれの顔を知らぬ。此度は何者が密議に加わっているか、あらためてたしかめるだけでよい。敵がだれか見極められれば手は打てる」

「わかりました。それでは」

「いまからおれが山門へ向かう。木立をつたいながら、おれの後を追え。おれが『これまで』とわめいたら一目散に逃げるのだ。落ち行く先は御家老の屋敷だ」

「委細承知仕《つかまつ》った」

中岡英次郎が大きくうなずいた。

幻八は悠然とした足取りで永観寺の山門へ向かった。着流し姿である。月代も伸びた幻八は誰の目にも浪人者としか映らないはずだった。見張りの武士が墓参にきた浪人者を咎め立てするかどうか、幻八にもわからなかった。

もし咎めなければ、幻八の方が木陰に潜む武士たちに、

「不審な輩。いずこの者か」

と問いかけ、喧嘩のきっかけをつくる。咎め立てしてくれれば、

「墓参に来たに、何の理由があってのこと」

と逆らい、

「面倒なり。腕ずくでも通る」

と刀を抜き、斬りかかると決めていた。

派手に暴れて境内に乱入し、密議の場から出てこざるを得ない有り様をつくり出す。


それが幻八の策であった。

幻八が山門間近に迫ったとき、左右から武士たちが現れた。

「ただいま身分高きお方が墓参しておられる。ご遠慮願いたい」

高飛車な物言いだった。

「おれも墓参りだ。何度も足を運ぶは面倒。通るぞ」

行きかけた幻八の行く手を武士たちが塞いだ。刀の柄《つか》に手をかけた者もいた。

「ほう。やる気か」

幻八が、刀の鯉口《こいくち》を切った。つられたのか、武士たちも刀の鯉口を切った。

「どうやら本気らしいな。なら遠慮はしないぜ」

もともと売るつもりの喧嘩だった。幻八は刀を抜き放つや、

「どけ」

と怒鳴って一気に山門をくぐり抜け境内へ駆け込んだ。境内で暴れまくる。そうしなければ、伴野七蔵らを座敷から引き出すことはできない。幻八は斬りかかる武士たちを適当にあしらいながら、本堂へ向かって走った。ちらと横目で山門の方をうかがうと、中岡英次郎が物陰をつたいながら走ってくるのがみえた。

本堂か庫裏か、どこに青山監物たちがいるか分からなかった。

そろそろ、さらに騒ぎを大きくする頃合いだった。

山門前で見張っていた武士たちと斬り結びながら、庫裏近くまで来た幻八は、斬りかかってきた武士のひとりの太股を切り裂いた。

大袈裟な悲鳴をあげて斬られた武士が地に倒れ、激痛にのたうった。

「斬るぞ」

一瞬、怯んだ武士たちへ向かって幻八が斬り込んだ。手前にいた武士の上腕を切り裂いた。殺すつもりはなかった。戦う力を奪えばよい。いずれ御家騒動が落ち着いたら、藩内でそれぞれの役割を果たす藩士たちだった。いまは青山監物一派が有利とみて、

「甘い汁の一口でも吸えれば」

と欲にかられて一味にくわわっているにすぎない。

青山監物や一味の主だった者たちが処断されれば、何事もなかったように口を拭《ぬぐ》って、

「お務め大事」

と知らぬ顔の半兵衛を決め込む輩、と幻八はみていた。

幻八に追い回された武士が、

「方々《かたがた》、曲者でござる。御出会いめされい」

と叫んだ。悲鳴に似た声であった。

庫裏の方角から、押っ取り刀の武士十数人が走り出てきた。幻八の立てた筋書どおりの展開だった。密議の場を守る武士たちが必ずいるはず。戦いが大きくなれば助勢を呼ぶは必定、と推断しての動きであった
(密議の場は庫裏か)

幻八は庫裏へ向かって走った。斬りかかってきた先頭の武士の臑《すね》を切り裂く。

悲鳴をあげ、転倒した武士を見向きもせず、幻八は庫裏への階段を駆け上った。

濡れ縁を走る。武士たちが追いすがった。

そのうちのひとりの右の肩口を、振り向きざまに浅く切り裂いた。刀を取り落

とし、激痛に呻き声をあげた。

と、一端の座敷の戸障子が開いた。数人の武士に守られ、青山監物とおぼしき五十がらみの武士と伴野七蔵、その後ろから雲水が出てきた。

雲水の顔を見た幻八に驚愕が走った。

伴野七蔵が吠えた。

「おのれは朝比奈幻八」

「朝比奈幻八だと」

雲水が目を見開き、一歩前へすすみ出た。

幻八も、おもわず叫んでいた。

「檜山篤石。坊主に化けていたのか」

背後から切りかかった武士の刀を振り払って刀を返した。腕を切り落としていた。檜山篤石との出会いは、幻八をわずかながら動揺させていた。そのこころの揺れが幻八の手元を狂わせ、上腕を切り裂くつもりが、腕まで落としてしまったのだった。

密議に合《がっ》した者たちが何者か見届けた以上、長居は無用だった。

「これまで」

わめくなり幻八は、檜山篤石らに背中を向け、濡れ縁を駆け戻った。

階段を走り下り、後ろも見ずに走った。前方に背中を丸めて逃げる中岡英次郎の姿があった。見事なまでの素早い逃げ足であった。

(あの様子では、まず心配あるまい。おれも逃げの一手だ)

幻八は振り向きざま刀を振りかざし、裂帛の気合いを発した。

追ってきた武士たちの足が止まり、気圧《けお》されたか数歩後退った。

幻八は、踵《きびす》を返すや全力で走り出した。

第四章　小梅《こうめ》ノ華《はな》

一

江戸北町奉行遠山左衛門尉景元こと、遠山金四郎の御用部屋には緊迫したものが張りつめていた。

遠山金四郎の前には同心石倉五助が坐している。いつもなら柔和《にゅうわ》な、さも人の良さげな印象をあたえる五助の顔つきも、小難しげな、不機嫌とも見える顔つきとなっていた。

「一人目は読売『美女番付』の東に大関で取り上げられた、上野広小路の水茶屋の茶汲み女・お登美、つづいて西の関脇に格付けされた常盤町《ときわちょう》の芸者・豊菊《とよぎく》、一昨夜は東の関脇、音羽《おとわ》の水茶屋の女・お喜代《きよ》と連夜相次いで行方知れずになっております。いずれも茶屋の主人、見番《けんばん》から届け出がありました。店に出てこぬので住まいを訪ねたら帰宅した様子がない、ということでして。

石倉五助の報告に、

「『美女番付』は聞き耳幻八と異名をとる、そちの幼なじみの朝比奈幻八が文言を書いた読売であったな」

「左様で。幻八め、武士の風上にも置けぬ奴。よくもまあ、恥しらずなことをぬけぬけと書きおります。友として情けない」

「……しかし、幻八めの動き、なまなかなものではない。わしは、あ奴が好きだ」

「そのおことば、幻八が聞きますれば、どれほど喜ぶことか。友として、私めも嬉しゅうございます」

五助のことばを微笑《ほほえ》みで受けた遠山が、

「そうか。『美女番付』に名をつらねた女三人の行方がしれぬか……」

そういったきり黙り込んで、かなりの時が流れている。

時折、首を捻《ひね》って、うむ、と唸《うな》ったりするだけで、いっこうに口を開こうとはしなかった。

五助には、遠山金四郎の沈黙の意味が読みとれなかった。町場へ見廻りに出かける刻限も迫っている。

（いつもながら、何を考えておられるかわからぬお人だ）

視線を宙に浮かせて顎《あご》を撫でている。その金四郎の手が時折止まって、

（何かご指示があるか）

と身を乗りだすと、また動き出す。その繰り返しに、のんびり屋の石倉五助も、さすがに苛立ちを覚えていた。

そして、いまも……。

遠山金四郎が、うむ、と右へ首を傾《かし》げた。

しばらくそのままでいて、再び、うむ、と今度は左へ首を傾げた。

「そうよな……」

と独り言《ご》ちて五助を見つめた。

「幻八は、このところ望佗藩の江戸屋敷に入り浸っていると申したな」

「は。調べましたところ、江戸家老の用心棒などいたしておる様子。大島川河岸での望佗藩藩士の辻斬り。幻八め、しらばっくれておりましたが語るに落ちるとは、まさしくこの事。おそらく、その折りの剣戟《けんげき》が縁となり、用心棒の口にありついたのではないかと」

「望佗藩の藩主青山直範様は、わずかの友を連れ、しばしばお忍びで遊里へお出

かけになると先日、報告を受けたが……」

「この目で、しかとたしかめました。まず間違いございませぬ」

「……青山様は下屋敷へ引き上げた。そうであったな」

「如何様《いかさま》。幻八のこともあり、何かと気にかかっておりましたので、支配違いとは思いながらも遊里で見かけたのを幸い、後をつけました」

「下屋敷か……」

そうつぶやき、遠山が五助に問いかけた。

「おかしいとはおもわぬか」

「は？」

「江戸詰めの大名は上屋敷に住まいするが慣わし。いかにお忍びとはいえ下屋敷へ直帰なさるとはな。まして直範公は独り身と聞いておる。遊里に遊んでも咎め立てする、焼き餅焼きの御方様などには無縁の身だ」

「そういわれれば……」

五助が首を捻った。

「手先に望佗藩下屋敷を見張らせろ」

「それは町奉行の支配から外れること。大事に至りませぬか」

「かまわぬ。ひょっとしたら『美女番付』に格付けされた行方知れずの美女たち、望佗藩下屋敷に軟禁されておるかもしれぬぞ。遊び好きの藩主の夜伽《よとぎ》の相手を務めさせるためにな」

「ありえないことではありませぬな」

「御家騒動の臭いがする。幻八が用心棒をつとめる江戸家老と、藩主に乱行をすすめる一派とのな」

「それでは幻八は、またぞろ危険なことに首を突っ込んでいるのか。金に目が眩みおって、困った奴だ」

おもわず発した五助のことばに、笑みで応じて遠山金四郎が告げた。

「『本家　美女番付』なる読売を別の板元が出したといったな」

「景風堂なる板元で」

「その板元の主人に、『美女番付』に名をつらねた女たちが相次いで行方知れずになっている、拐《かどわ》かされたのかもしれない、つづいて女たちが行方知れずになる恐れもある、と、さりげなく教えてやれ」

「それでは景風堂の思う壺。玉泉堂を叩くにはもってこいの『いいたねをひろった』と、これ幸いと派手に書き立てるのでは」

「いいではないか。派手に噂になれば、幻八は事の真偽をたしかめに動き出さなければならなくなる。用心棒の仕事など、そっちのけでな。腕利きの用心棒が江戸家老の身近から離れたとなれば、敵対する一派は表立って動き出すはず。江戸家老を暗殺するかもしれぬぞ」

「それはまことで」

「なあに。すべて、おれの勘が組み立てた作り話さ。が、この作り話、けっこう的を射ていることも多いでな」

遠山金四郎は、悪がきが悪さを仕掛けたときのような顔つきとなって、にやり、とした。


幻八は大きく欠伸《あくび》をした。

若林頼母の屋敷の中庭に面した縁側に幻八はいた。柱に背をもたせて、足をのばしている。

柔らかな初冬の陽差しが、躰の奥までじわじわと染み入ってくるようで心地よかった。眠気と戦いながら、用心棒を引き受けてからのことを思い起こしていた。

行徳の永観寺で一暴れしてからここ数日というもの、何事もなく過ぎ去っていた。

いま、幻八は狐につままれた気でいた。

行徳の永観寺で命のやりとり寸前までやりあった伴野七蔵は、素知らぬ顔で江戸留守居役の日々のお勤めに励んでいる。

若林頼母もまた、伴野から報告を受け、

「御家大事、お勤め大事と心得よ」

などと多少の苦言を呈する程度で、江戸家老の常の職務をこなしていた。

望佗藩江戸屋敷の様子をみるにつけ、

(藩主などいなくとも、着実に職務をすすめる重臣たちさえいれば、藩は営々と存続しつづけるに相違ない)

との感を深めている幻八であった。

将軍、大名、大身の旗本、陪臣に微禄の旗本、御家人、さらに足軽、小物と武士のなかでも、身分が細かく定められている。よほどのことがないかぎり、先祖代々つづいてきた立場が変わることはない。あらかじめ決められた格差のなかで生きていくしかないのが、この世だった。

幻八は、あらかじめ細かく定められた身分、格式を、

（くだらぬこと）
と考えていた。
（強いもの、知恵のあるものが勝者になるのが当たり前ではないか）
とおもったこともある。
その頃は、わけもなく噴き出てくる不平不満をもてあまし、つねに苛立ってい
た。
が、駒吉と馴染みつづけ、仲蔵と触れ合い、その日暮らしの多くの町人たちと
かかわりを持ち合ううちに、その苛立ちも消えていった。
明日飢えるかもしれない貧しい暮らしのなかで親と子、夫と妻、隣り合う人た
ちとの、ほんの一瞬のこころの通い合いに大きな喜び、幸せを感じて生きぬいて
いる人たちが、いかに多いことか。
（永久《とわ》につづく幸せ、喜びなど、あるはずがない。日々の暮らしが辛く、苦しい
からこそ、わずかの喜び、幸せがはっきりと感じ取れるのだ）
そうおもうと、
（この世は、まさしく苦界《くがい》そのものなのだ）
とのおもいが深くなる。

苦と楽、悲しみと喜び、不幸せと幸せ。それらのすべてが表と裏の、対をなすものにおもえてくるのだ。

深川の岡場所という苦界に売られ、骨身を削って働き、借金を返して独り立ちした駒吉の暮らしぶりがどれほどのものだったか、おおからの見当はつく。が、いまの駒吉に苦界に沈んでいた過去の臭いはない。

（苦界の辛さを味わいつくしたからこそ、あの屈託のなさ、あっけらかんとした明るさがあるのかもしれない）

ともおもう。また、

（おれは、本当の苦界を知らぬ。知らぬゆえの弱さが、おれにはあるのだ）

と、しみじみおもいしらされてもいた。

望佗藩の藩士たちを見るにつけ、幻八は、

（この世は苦界）

とのおもいを、さらに深めていた。

（幸せ過ぎるから不幸を求めて争いに走るのだ）

望佗藩江戸屋敷で出会った藩士たちのすべてが不幸にとらわれ、不満この上ない顔つきをしている。誰かが望みを満たしてくれるのを待ち続け、与えられないとおのれの不運、不幸を嘆き、呪う。欲が深過ぎるのだ、と幻八はおもった。

いまの望佗藩こそ苦界の縮図そのものなのだ。みな、藩から与えられた俸禄で飢える心配もなく、日々をつつがなく送ることにのみ気を配り、ぬくぬくと生きている。豊か過ぎて、おのれらの幸せがみえなくなっている。

「苦界か……」

幻八は、吐き捨てた。そうおもってみると重厚に見えた若林頼母の屋敷の景色が、みょうに黴《かび》臭い、体裁だけのものに見えてきた。

(用心棒の仕事から一日も早く、解き放たれたい)

幻八はただ取り繕っただけの、こころの触れ合いのない日々の連続に腹立たしささえ覚えているおのれを持て余しはじめていた。

「駒吉に会いたい」

おもわず口に出していた。こころの底から、そう願っていた。

二

駒吉は本所北割下水にある幻八の実家に向かっていた。

昨日、駒吉の留守中に深雪が訪ねてきた。深雪の用件は決まっている。

「米櫃《こめびつ》が空になりました」

と幻八に告げているのを、隣の座敷にいて何度も漏れ聞いていた。

昼間、手伝いに通ってくる老婆のお種《たね》が、

「幻八さまは、しばらく留守にしておられます。いつ帰ってこられるか、ああいう自由気儘《きまま》なお方ですから、わたしにはわかりかねます」

というと、肩を落として、すごすごと引き上げていったという。

お種にいわせれば
「かわいそうなほどの悄気《しょげ》ようで。溜め息をつかれて、それはそれは……」

困惑極まる有り様だったそうな。

翌朝、薄化粧にできるだけ堅気《かたぎ》の小商人《こあきんど》のおかみさん風を装って出かけてきた駒吉だった。が、いかに堅気風に見せても身についた色香は隠しようがなく、道ゆく人たちが振り向くほどの艶っぽさが躰《からだ》全体から滲み出ていた。

幻八からは、

「一度に五両以上の金子《きんす》は渡さないでくれ。あればあるだけ使っちまうんでな。手間かけさせて悪いが迷惑ついでに、ちょいと気配りをしてほしいのさ」

とくどいほど頼まれている。

懐には懐紙に包んだ小判が五両おさまっていた。手には、深川八幡宮へ立ち寄って買い求めた土産物の饅頭と名産の蜆《しじみ》と蛤《はまぐり》の佃煮を抱え込んでいた。

駒吉が朝比奈家の屋敷近くまで来たとき、表で遊んでいた子供たちが気づいて、みんなの世話役ともいうべきお春《はる》が、門の中へ駆け込んでいった。

一番年嵩《としかさ》の万吉《まんきち》を先頭に弥一《やいち》、喜八《きはち》、お咲《さき》、伊作《いさく》たちが走ってきた。

「土産は？」

「早く頂戴」

群がって手を出してくる。

「後でね。行儀よくしないとあげないよ」

と包みに手をのばして摑みとろうとした万吉の手を軽く叩いた。

恨めしそうな顔をして万吉が手を引っ込めたとき、深雪が門前へ飛び出してきた。顔に安堵の色がみえた。

駒吉が腰を屈めて挨拶をすると、軽く腰を折って深雪が微笑みかけた。

奥の間に通された駒吉を待っていたのは鉄蔵だった。

居住まいを正した鉄造が駒吉に、

「愚息幻八が世話をかけておる。深雪から、つねづね聞いておるでな。我が儘者だが根は素直な男。向後《こうご》も、よろしゅう頼む」

と頭を下げた。

駒吉はおおいに慌てた。

「そんな、よろしく頼むなんて。あたしみたいな女に、それほどまでに。そりゃあ悪ぶっちゃいるけど、あの人が竹を割ったみたいな気性の人だってことは、よく分かってますですよ。あたしが本気で惚れちまったほどの、いい男……」

と、いわずもがなのことまで口走ってしまい、あわてて口を押さえて誤魔化し笑いを浮かべたものだった。

鉄蔵は何も聞こえなかったような顔つきで、笑みを片頰に浮かべて見つめている。柔らかな、こころの底まで暖かくなるような優しい眼差しだった。

駒吉も、おもわず笑みを返していた。

「まかしといてくださいまし。命がけで、頼まれますでございます」

ぽんと胸を叩いた駒吉に、鉄蔵は笑みをたたえたまま、うなずいた。

台所からつづく板敷きに行くと、万吉たちが顔にあんこをくっつけたまま、無我夢中で饅頭を頰張っていた。そんな子供たちを、深雪が嬉しそうに目を細めて眺めている。

（まるでおっ母さんだ）

そうおもいながら、さりげなく米櫃を覗くと、案の定、空《から》だった。

（あの人のお父っつぁんから、よろしく頼むなんていわれちまったよ。あたしゃ、これ以上ない幸せ者さ）

込み上げてくる笑みを押さえながら、蛤町への道を急いでいた駒吉の耳に、読売を売る際物師の口上が飛び込んできた。

「『呪われた　元祖　美女番付』。美女番付に名をつらねた美女三人が相次いで行方知れずになったよ。詳しい顚末はこの読売に書いてある。三人の美女がだれか、知りたいか。呪われてる『元祖　美女番付』にどこのだれの名があるか。次はだれが行方知れずになるか、知らなきゃ損。買わなきゃ損。損損づくしの大損だあな」

駒吉は足を止めた。

「『元祖　美女番付』はあの人が文言を書いた読売じゃないか。何が、呪われた、だ。勘弁できないよ」

柳眉《りゅうび》を逆立てた駒吉は、町辻で口上を述べ立てる際物師《きわものし》に近寄っていった。人だかりがしていた。

「どいておくれ。読売を買いたいんだよ」

不機嫌さを剝き出した、突《つ》っ慳貪《けんどん》な口調に人垣が割れた。

駒吉は仏頂面《ぶっちょうづら》で際物師の前まですすんだ。巾着《きんちゃく》をとりだしていった。

「その、『呪われた　元祖　美女番付』って読売、全部、買い取ってやるよ。幾らだい」

駒吉は真っ正面をみつめて歩いていく。口をへの字に結び、切れ長の目が吊り上がっていた。怒りがおさまらないといった顔つきなのだが、そこは美形、凄絶なまでの色気に溢れていた。

駒吉は、小股の切れ上がったいい女には、およそ似つかわしくない読売の束を小脇に抱え込んでいた。足を止めて物珍しげに見つめる人たちの目線など気にしている様子は一切なかった。

駒吉には玉泉堂へ向かう道筋しか見えていなかった。

「仲蔵さん、いるかい」

入るなり駒吉が声をかけた。

「誰でえ。どんなに文句をつけようが読売の中身は絶対に変えねえよ。玉泉堂の読売は、ほんとうのことしか書かねえんだ」

わめきながら出てきた仲蔵が、呆気《あっけ》にとられた顔つきとなった。

「何でえ、駒吉さんかい。機嫌の悪い声出してるから、またぞろ、うちの読売に難癖をつけに来た奴かとおもったぜ」

「これ、見ておくれ」

駒吉が抱えていた読売の束を板の間に放り投げた。仲蔵がちらりと目を走らせて、いった。

「見たのかい。景風堂の政吉め、いんちき書きやがって」

「いんちきかどうか、たしかめたのかい」

きつい駒吉の口調だった。

「そいつぁ、まだ、なんせ忙しくてな。暇がねえんだよ」

「暇？　なに能天気なこと、いってるんだい。あの人がいたら、すっ飛んで調べにいくよ」

「そりゃあ、わたしだって」

「何が玉泉堂の読売はほんとうのことしか書かねえんだ、だよ。しっかりおしよ、玉泉堂仲蔵の名がすたるよ」

「ま、そういわれりゃ、そうだがよ。しかしなあ。たしかめる手立てが。なんせ、事件がらみのことは聞き耳の旦那に頼りきってたんで、わたしは、どうも苦手なんだよ」

顔を顰《しか》めて弱り切った仲蔵を駒吉が睨みつけた。

「そうだ」

軽く掌《て》を打って、いった。

「石倉の旦那に聞いてみようよ。まがりなりにも北町奉行所の同心さまだ、調べてもらえば、すぐにわかるよ」

「違《ちげ》えねえ」

仲蔵が身を乗り出した。

「そうと決まりゃ善は急げだ。今から奉行所へ出かけようよ」

「お座敷はいいのかい。そろそろ支度にかかる刻限だぜ」

「あたしの大事な人の面子《メンツ》にかかわることだよ。お座敷のひとつぐらい、どうてことないさ、後で、出先で気分が悪くなって休んでたっていやあ、なんとか話がつくもんだよ」

踵《きびす》を返して、振り返った。

「いくよ」

さっさと歩き出した。


岳念寺の本堂の大屋根の遥か向こう、雲一つない空に、みごとなまでの満月が煌《きら》めきを誇っていた。

庫裏《くり》の奥まった座敷には五人の男が坐していた。住職の道仁に篤円、向かい合って伴野七蔵と杉浦伝八、篤円の脇に黒岩典膳が控えていた。

五人の真ん中に一枚の紙片が置いてある。『呪われた　元祖　美女番付』との外題《げだい》の読売であった。

「不意な呼び出しで何事か、とおもって駆けつけたが、この読売のこととはな」

「それほどの大事ともおもえませぬが」

伴野七蔵と杉浦伝八が相次いで不満げな声を上げた。

篤円が皮肉な笑みを片頬に浮かせた。

「今一度、読売を読まれたらいかがか。書かれている事柄の奥を読みとられることだ」

「それは、どういう意味かな」

伴野七蔵が問いかえした。音骨《おとぼね》に咎めるものがあった。

道仁が口をはさんだ。

「いずれどこぞの読売の板元に話のたねとして売り込み、『元祖　美女番付』に名を記された女たちが神隠しにあった、と書き立てさせるつもりでいた。が、これでは、どうにも出るのが早すぎる。あと数人は拐かしたかったが、読売が派手に書き立てたいまは事がやりにくくなった」

「誰ぞがどこかで、つい口を滑らせたのではないか、などとおもってな。たしかめる意味もあって呼んだのだ」

篤円がことばを添えた。

「我らが、そんな軽口を叩く者に見えるか、大事を進めておる最中《さなか》だぞ。ことばを慎まれい」

伴野七蔵が語気を強めた。

篤円が応じた。

「三人とも行方知れずになる理由がない。好色な大名にでも拐かされたのではないか、と書いてある。われらの企てを察知している何者かが、われらの動きを牽制すべく読売に書かせたのかもしれぬ」

「それは薮睨《やぶにら》みというもの。行徳以来、篤円殿は警戒が過ぎるのではないか」

「朝比奈幻八を買いかぶっておられるのじゃ」

伴野七蔵に杉浦伝八が追従した。

「いや。朝比奈幻八は恐ろしい相手でござるよ。甘く見られぬほうがよい」

黒岩典膳が横から口を出した。

伴野七蔵と杉浦伝八が顔を見合わせ、黙り込んだ。

「殿のご様子はどうじゃ」

道仁が問うた。

「国元の御典医が国家老筆頭の命を受け、罌粟《けし》をもとに数種の薬草を調合した心地よくなる効能のある薬湯を連日すすめ、服用させております。このごろは薬湯の効き目が切れると息も絶え絶えに半狂乱の有り様で」

杉浦伝八は薄ら笑いで応えた。

「このまま服用させれば廃人になるに、さほどの時はかからぬかとおもわれまする」

　伴野七蔵がことばを継いだ。

　道仁が見つめていった。

「篤円、直範様に隠居を進める日も間近に迫ったようだの」

「如何様。若林頼母に小賢《こざか》しい動きをさせぬためにも、息の根を止めるが最良の策でございましょう」

「直範様が役に立たぬと見極めたら、頼母め、性懲《しょうこ》りも無く再び幕閣の重臣に働きかけ、御三卿のどこぞから養子を迎える画策を始めるに違いない、と申すのだな」

「若林頼母が望むは、ただ藩の存続のみ。そのためには、いかなる手段もいとわぬかと」

　うむ、とうなずいた道仁が、

「腕利きの用心棒、朝比奈幻八を頼母から引き離すためにもあと数人、『美女番付』に格付けされた女たちを拐かさねばならぬな」

　そういって目を移した。

「伴野、黒岩典膳とともに女たちをさらう算段をたてよ。一晩にふたり、いや三人、多ければ多いほどいい。もっと騒ぎを大きくするのだ。朝比奈現八が若林頼母の身近を離れ、女たちの行方を探しまわる動きを始めるまで、拐かしつづけるのだ」

「承知仕《つかまつ》った」

伴野七蔵が向き直っていった。

「黒岩殿、女たちの住まいなど調べはすすんでおるであろうな」

「完璧ではないが住まいぐらいは調べ上げてある」

「拐かすには住まいへ押し込むが手っ取り早い。今夜もひとりぐらいはとらまえられるのではないか」

「これからすぐに武官隊の面々に声をかける。酒など飲んでおらねばよいが」

「武官隊は黒岩殿の差配、我らがとやかく口出しすることではござらぬ。とりあえず、どこの誰を襲うか、話し合って決めねばなるまい」

「か弱い女ひとりをとらまえるだけのこと。たとえ、まっとうに動ける者が数人しかおらぬともできる話だ。しかし、まあ、なんとも腕のふるいようもないお務めだな」

気乗りしない様子を露わに、黒岩典膳が応えた。

三

翌日朝五つ（午前八時）を少しまわった頃、玉泉堂の仲蔵は望佗藩江戸屋敷の表門の前にいた。

出窓ごしに、

「御家老さまのお屋敷にいらっしゃる、朝比奈幻八さまにお目通りを願いたいんで。仲蔵と申します」

詰所に声をかけると、門番はすぐに出てきて潜り門を開け、案内してくれた。

幻八にあてがわれた座敷へ通された仲蔵は、立ったまま、ぐるりを見回した。地袋《じぶくろ》の上に障子がしつらえられた付書院《つけしょいん》、床柱の左右に床の間と作りつけの寝覚《ねざめ》棚《だな》が並んだ豪勢な造作に、

「こりゃあ立派なもんだ。蛤町の住まいとは大違いだぜ。これほどの扱いを受けてるんじゃゃ」

と指で円を形づくり、

「用心棒代、たっぷり貰ってるんじゃねえのかい」

羨ましそうな顔つきでいった。

「朝っぱら、いきなり訪ねてきたのは、ただの様子さぐりかい。だいぶ暇を持て余してるようだな」

幻八が懐手をしたまま顎を撫でた。横目で、ちらりと仲蔵を見る。

「暇を持て余している？　とんでもねえ。大変なことが起きたんだよ」

幻八の前に座った。

「これを見な」

懐から二つ折りした紙を取り出し、幻八に押しつけた。

受け取った幻八の目が大きく見開かれた。

「何っ。『呪われた　元祖　美女番付』だと。板元は景風堂か。政吉め、なめた真似しやがって」

腹立たしげに口走った。一気に読みすすんだ。

顔を上げていった。

「好色な大名にでも拐かされたのではないか、とまで書いてある、政吉はやたら調子のいい野郎だが、火のないたねは金輪際扱わない、文言のなかみにはみょうにこだわる律儀なところを持ち合わせている男だぜ」

「そこんとこは、おれも認める」

仲蔵が顔を突き出した。左右を見渡し、声をひそめていった。

「好色な大名というと、まさか、ここの、望佗藩の殿様のことじゃ……」

「読売のたね元はどこの誰だ、と聞いても政吉は口を割らねえだろうな」

「たね元は明かさない、というのは読売稼業の者が命がけで貫く仁義の一条さ。まず無理だろうよ」

幻八が黙りこんだ。しばしの間があった。

「待ってろ」

手にした読売を懐にしまい込んで、立ち上がった。


「これは……」

幻八から手渡された『呪われた　元祖　美女番付』との外題の読売を読み終わった若林頼母が低く呻いた。

奥の座敷で幻八と若林頼母は向き合って坐している。

前に置いた脇息に両肘をついていった。

「朝比奈殿。『元祖　美女番付』に格付けされた女たちが行方知れずになったということはともかく、好色大名が拐かしたとの行《くだり》が問題だの」

「そうかい。おれには、女たちが行方知れずになったほうが大事だがな」

うむ、と若林頼母が唸った。

「お忍びとはいえ、殿は頻繁に遊里に出入りされ派手に遊んでおられる。人の口には戸は立てられぬでな。どうしたものか」

そういって、畳に視線を落とした。

そのまま身動きひとつしない若林頼母に幻八が焦れた。

「しばらく屋敷を離れさせてもらうぜ。『美女番付』の文言を書いたのはおれだ。女たちがどうなったか探り出し、できれば助け出さなきゃならねえ。そうしなきゃおれのこころが晴れねえんだよ」

右脇に置いた大刀に手をのばした幻八を目で制して、

「わしの身辺はだれが守るのじゃ。破格の用心棒代を払ったのだぞ」

「そいつは……」

「いまのおぬしはわしに金で買われた身じゃ。勝手は許さぬ。それとも」

狡猾そうな目つきで見つめた。

「それとも、なんだ」

幻八が睨《ね》めつけた。

「かわりの用心棒でもあてがってくれるか。約定違反を為すはおぬしだ。用心棒代はおぬしが払うことになるがな」

「……考えておこう」

幻八は刀を手にした。

「三日だけ時を与える。二日間、わしは病を理由に一歩も屋敷を出ぬことにする。かわりの用心棒を手配できぬときは、おぬしがわしの用心棒に戻るのじゃ。さらなる動きをはじめねばならぬ。わしには望佗藩を守る責務があるのじゃ」

幻八に目線を注《そそ》いだ。かつて見せたことのない鋭い眼光だった。

たじろぐことなく見つめ返して、幻八が告げた。

「三日、だな。その三日、勝手気儘に過ごさせてもらうぜ」

幻八は北町奉行所にいた。石倉五助を待って、同心詰所奥の一間にいる。

「本所北割下水に住まいする、御家人朝比奈鉄蔵の嫡男幻八でござる。石倉殿とは幼なじみの間柄、何かと話し合いたいこと、これあり。お取り次ぎを願いたい」

と、およそ日頃の幻八らしくない四角四面の口上を述べたところ、武士のみが通される座敷にとおされた。町人の場合は、門番詰所や同心詰所の片隅で応対されることが多かった。

小半刻（三十分）ほどして五助があたふたと座敷にはいってきた。

「待たせてすまぬ。御奉行から急な呼び出しがあってな。なんせ、あの通りの気儘なお方だ。おれの都合などおかまいなしでな。ところで」

とぐるりに視線を走らせて幻八に身を寄せ、小声でいった。

「心配していたのだ。昨日、これを入手してな」

懐から二つ折りした読売をとりだした。

「『呪われた　元祖　美女番付』だな」

幻八の問いかけにうなずき、読売を開いてふたりの間に置いた。

「今月は北町の月番でな。見番や水茶屋の主人からの訴えは、北町奉行所で受け付けた」

「だから来たのだ。仲蔵はあたふたしているだけで役に立たねえ。さっぱり様子がつかめぬのでな。景風堂の政吉がどの筋からたねをひろったか、だ。おれのみるところ」

幻八のことばを五助が断ち切った。

「まさか北町奉行所の誰かがたね元だというのではあるまいな」

「その、まさか、だとおれは睨んでいるのさ。心当たりはねえかい。政吉と付き合いのある岡っ引きあたりが怪しいとおもうんだが」

五助が黙りこんだ。じっと幻八を見つめている。

「なんでえ、その目つきは。おれは疑われるようなこたあ、何もしてねえよ」

「蛤町に駒吉をたずねた。『幻八は大忙しで玉泉堂に泊まりっぱなし』だという。それで玉泉堂まで足をのばした。そこにもいない」

「読売のたね探しはなかなか厄介でな。外歩きがつづいてるのさ」

「どこに泊まってるんだ」

「どこって」

「まさか望佗藩の江戸屋敷にいるんじゃあるまいな」

五助の発した「望佗藩江戸屋敷」ということばに、幻八のなかの何かがはじけた。駒吉と仲蔵には幻八の居場所については固く口止めしてある。ふたりが約束を破るとは考えられなかった。五助が、幻八が望佗藩と何らかのかかわりを持っていると睨んでかまをかけてきているのはあきらかだった。

なぜ望佗藩にこだわるのか？

望佗藩と『美女番付』にとりあげられ、行方知れずになっている女たちはどこかでつながっているのかもしれない。五助は、そのつながりの糸口を手繰《たぐ》ろうとしているのではないのか。その動きは、どんな意味を持つというのか。行方知れずの美女たちの探索は五助が受け持っている、ということを意味するのではないのか。

幻八は問いかけた。

「五助、何か、隠しちゃいねえか」

声に恫喝するような響きがこもっていた。

「そいつはどういう意味だ」

語尾がかすれた。

幻八が畳みかけようとしたとき……。

座敷の戸襖が開かれた。

「幻八、久しいなあ」

笑いかけたのは遠山金四郎であった。肩衣長袴《かたぎぬながばかま》という堅苦しい出で立ちをしている。

「そちがきているときいたのではな。白洲での裁きを早々に切り上げてきたのだ」

歩み寄り長袴を払って、幻八の前に座り込んだ。

「今日は腹痛《はらいた》になろうとおもってな。御奉行さまには病のため座敷にお籠もりしていただき、遊び人の金さんは、幻八旦那と一献やるなんてのは悪くない趣向だとおもうがね。どうだい。これからどこぞの悪所へ足をのばす気はないかい」

姿形とは、およそ不釣り合いな伝法な口調だった。

幻八が背筋を伸ばして座り直した。

「折角の御誘いながら、不肖朝比奈幻八、いささか所用もありますれば、此度はご遠慮申し上げます。一献の件は、近々、派手な大盤振る舞いの宴席を是非にも設けてくださいますよう、お願いいたしまする。本日はこれにて引き下がらせていただきます」

芝居っ気たっぷり、額を畳に擦りつけんばかりに平伏した。

(御奉行は立ち聞きしていたのだ)

五助の旗色が悪くなったとみて、出て来たに相違ない。幻八はそう推断していた。

となると、景風堂に問題の読売のたねをつたえたのは、遠山金四郎の命を受けた石倉五助ということになりはしないか。

幻八の足は望佗藩下屋敷へ向いていた。遠山金四郎の指図があったとすれば、必ず望佗藩に見張りがついている、とおもったからだ。

望佗藩下屋敷は向島《むこうじま》の小梅村《こうめむら》にあった。

隅田川に架かる吾妻橋を渡って左へ折れると、源森橋《げんもりばし》に突き当たる。源森橋を過ぎて右へ曲がり、御三家水戸家の下屋敷を左にみて源森川沿いに行くと常泉寺《じょうせんじ》があった。その常泉寺の塀に沿ってさらにすすみ、切れたところを左折すると、海鼠塀《なまこべい》に囲まれた望佗藩下屋敷の大屋根が、田畑の向こうに見えた。庭には塀に沿って大木が立ちならび、屋敷を外から遮断する自然の幔幕《まんまく》がわりとなっている。

幻八は望佗藩下屋敷のまわりをゆっくりと歩きだした。が、下屋敷に目を向けることはなかった。

田畑を切って走る二本の道の向こうに、大奥や大名家の女中の多大な信仰を得ている千世代《ちよよ》稲荷を相殿《あいでん》とする、秋葉大権現社の甍《いらか》が、赤い鳥居とともに木々の間から垣間見えた。

門前には鯉料理が売り物の高級料亭〈大七《だいしち》〉をはじめ料理茶屋、茶店などがならんでいる。

大七から隅田川へ抜ける道の左に牧野備前守《びぜんのかみ》の下屋敷、延命寺《えんめいじ》、三囲《みめぐり》稲荷と、大屋根が威勢を競って連なっていた。

隅田川東岸の一帯は、風光明媚な四時《しいじ》遊覧の地として知られており、道沿いには並木が立ちならんで、張り込む場所には事欠かないようにおもえた。

幻八は通り沿いに立つ木々の影など、人が身を潜めやすいあたりに気を配ってすすんだ。

と……。

堀川に釣り糸を垂れる、ひとりの町人を見出した。後ろ姿に見覚えがあった。

（案の定、いやがったぜ）

幻八は薄ら笑った。細められた目に、獲物を狙う獰猛な獣の凍えた光が宿った。

足音を殺して近づいていく。

釣り人は幻八が真後ろに立っても気づかぬ様子だった。釣り糸を垂れてはいるが躰を斜めにし、目線を望侘藩下屋敷に据えている。その位置からは望侘藩下屋敷の表門をはっきりとうかがうことができた。

幻八は釣り人の背後からのぞき込むようにして声をかけた。

「釣れますかい」

釣り人が仰天して体を竦《すく》めた。おずおずと振り向いたその顔は、石倉五助の手先、岡っ引きの与吉《よきち》のものだった。あまりの意外さに驚愕し、口を開けたまま動きを止めている。

「おれだ。聞き耳立てて嗅ぎ回る、聞き耳幻八さまだよ」

にやり、とした。

「旦那、おどかさないでくださいよ。まだ胸がどきどきしている」

胸を押さえて、切なげに息を吐き出した。

「その驚きようじゃ、のんびりと釣りを楽しんでいたんじゃねえようだな。何をしていた」

「旦那。深読みは止めてくださいよ。久しぶりの休みなんで、たまには釣りもいいかな、と」

ひっ、と息を呑んだ。与吉の鼻先に突然、刀の柄が突き出された。

「与太話につきあっている暇はねえんだ。知ってるだろうが『美女番付』の文言を書いたのは、このおれだ。で、何やかやと苛立ってるんだよ」

刀の鯉口《こいくち》を切った。

「脅しっこなしですよう」

声が上ずっていた。

「脅しっこなしだと。冗談はなしにしようぜ。ないないづくしで何なくす。ひとつしかない命にするか、と」

刀の柄に手をかけた。

「わかりました。わかりましたよ。いいますよ。だから隣りに座って」

右手で土手を叩いた。

「余計な手間かけさせやがって。端からそういや、おたがい厭なおもいをせずにすんだんだ」

躰をぴたりと寄せて座った。与吉の肩に手をかける。

一瞬、与吉の躰が小刻みに震えた。顔をのぞきこんでいった。

「さ、話してもらおうか」

「昨夜、ひとり運び込まれて来ましたそうで。気丈な女で、裏門の前で駕籠《かご》から転がり出て、猿轡《さるぐつわ》に後ろ手に縛られた格好のまま逃げようとしたが、すぐに取り押さえられたと聞いておりやす」

「夜は違う手先が張り込んでいるのだな。すべて五助の指図か」

「そのとおりで」

「支配違いの大名屋敷の張り込みだ。同心の五助だけの判断じゃあるめえ」

「御奉行の肝煎りだそうで。何でも、すべての責めはわしが背負うとまで仰ったほどの力の入れようだとか」

「そうかい」

それで読めた、と幻八は思った。景風堂の読売に、

「好色な大名……」

とあったのは遠山奉行が、

「これだけは何としても書かせよ」

と五助に命じてやらせたことなのだ。

好色な大名、と書きたてることによって女たちを拐かす一味に少なからず衝撃を与え、さらに動くかあるいは止めるか、次なる展開を生み出す元となると計って為したことに違いなかった。

幻八は、幕閣の一員であるにもかかわらず、遠山金四郎が公儀の有り様に反骨するこころを持ち合わせていることに気づいていた。

ふたりが惹かれ合う点は、そこにあるのだった。

（拐かされた女たちは望侘藩下屋敷に監禁されている）

望侘藩藩主青山直範の、夜伽の相手をさせるために仕組んだ拐かしであることはあきらかだった。

（絵図を書いたのは檜山篤石か）

今の桧山篤石は高僧に化身し、望侘藩の御家騒動に深く食い入っている。

おのれの欲を満たすためには、いかなる手段もいとわぬ男。それが桧山篤石であった。そのあくどさには、さらに磨きがかかっているように幻八にはおもえた。

まずは、まだ拐かされていない、美女番付に取り上げた女たちをどんなことをしても守らねばならない。それと同時に、拐かされた女たちを一日も早く助け出さなければならなかった。救出が遅れれば遅れるほど女たちの身に、危険が迫るのは明らかだった。

（どうしたものか。よい手立てがおもいつかぬ）

幻八は歯軋《ぎし》りしたい衝動にかられた。懸命に堪《こら》えて、威風を誇る望侘藩下屋敷を凝然と見据えた。

四

翌朝、石倉五助は北町奉行所奥の奉行御用部屋に坐していた。まだ執務前の時刻である。御用部屋には、遠山金四郎の姿はなかった。

廊下を荒々しく踏みならす足音がした。急ぎ足で近づいてくる。遠山金四郎には、

「急な要件にて、お目通り願いたい」

と用人を通じて申し入れてあった。

おそらく御奉行の足音、と石倉五助は居住まいを正した。

足音がやみ、いきなり戸襖が開けられた。羽織姿の遠山金四郎が御用部屋に入ってくるなりいった。

「幻八が動いたのだな」

「昨日、奉行所を出た足で小梅村の望佗藩下屋敷へ向かったとおもわれます。張り込んでいた与吉を見つけだし、脅しあげて、一昨夜、猿轡をかけられ後ろ手に縛り上げられた女が、屋敷に連れ込まれたことを聞き出しております」

「それでよし。上々の首尾だ」

「は？」

「支配違いで町奉行所は武士や坊主には手が出せぬ。拐かされた女たちが望佗藩下屋敷に監禁されているとわかっていても、助け出すための何の手も打てぬ有り様だ」

「それでは、御奉行は端《はな》から幻八の手を借りようとおもっておられたので」

「そうよ。望佗藩の家臣が大島川の河岸道で辻斬りにあった。どうも朝比奈幻八が下手人らしい、とそちから報告を受けたときに望佗藩の探索を命じたな」

「探索したところ当主青山直範公のご乱行が判明いたしました。いずれ町人に災いを及ぼすに違いない、と御奉行から探索をつづけるよう命じられましたが、その推察通りになりましたな」

「『美女番付』にのった女たちが拐かされた。わしの勘が、望佗藩藩主にかかわりあり、と告げていた。わしの勘は、なかなかのものでな。たいがい当たる。何らかの手立てを講じねばならぬと思案した結果の、最良の策が幻八を動かすことだった。幻八なら自由に動けるでな」

「幻八は、このまま」

「自由に泳がせよ」

「もしも幻八の身が危うい事態に立ち至りましたら、いかがいたしましょう」

「ぎりぎりまで待て。多少の怪我は仕方あるまいよ」

「命にかかわるような場合は？」

「すべて幻八にまかせる。それしかあるまい。万が一、そちがその場に居合わせても役に立つまい。剣の腕は幻八の方がそちよりはるかに上だ」

「それは……まさしく」

「幻八から目を離すな。動きぶりから推察し、蔭ながら手助けできるときには、それなりの策を講じねばならぬのでな」

「是非にも、そう取りはからっていただければ幸甚《こうじん》かと」

「朝比奈幻八、向後も何かと役に立つ奴。むざむざ死なせるわけにはいかぬ」

遠山金四郎が、いつになく生真面目な顔つきで告げた。


若林頼母の屋敷では一騒動まきおこっていた。

昼四つ（午前十時）すぎに中岡英次郎が血相変えてやって来て、

「御家老、一大事でございまする」

と頼母の居間にとびこんだ。

「取次も乞わず無礼ではないか」

若林頼母から叱責されると、

「無礼の段、火急の折りにて、ひらにご容赦願いまする。実は伴野殿に接触させておりますお味方のひとりから驚くべき報告があり、取るものもとりあえず駆けつけた次第にて」

「申してみよ」

「われらは朝比奈幻八に謀《たばか》られておりまするぞ」

「何っ、朝比奈殿に騙されていると。証《あかし》があってのことか」

「事は公のこと、調べれば、すぐに証が上がりましょう」

若林頼母が目線でつづくことばを促した。

「朝比奈幻八は親代々の浪人といっておりましたな」

「そう聞いておるが」

「真っ赤な偽りでございますぞ。朝比奈幻八は、本所北割下水に屋敷を拝領する御家人朝比奈鉄蔵の嫡男でございまする。微禄とはいえ公儀直参の家柄の者でございまする」

「御家人とな。それは由々しきこと。しかし……」

若林頼母は黙り込んだ。

あまりの思案の長さに中岡英次郎が半歩膝行した。返答を待って、身を乗りだす。

若林頼母がいった。

「このままほうっておけ」

「何故の放置でございまするか。万が一にも朝比奈幻八の口から御公儀に『家中が二派に割れて望佗藩は御家騒動のさなかにあり』とつたわれば、御家お取り潰しになるやもしれませぬぞ」

「それは、まず、あるまい」

「なぜ、そう断言できまする」

「朝比奈幻八は信ずるに足る男だ。望佗藩の内情を口外する心配はない」

「しかし」

「朝比奈殿が喋《しゃべ》る気でいたら、とっくの昔に御家騒動のことは世間の口に上っているわ。それより、よいか」

若林頼母が座敷の外に視線を走らせた。何の気配もないとみてとってか、視線をもどし、声を潜めてつづけた。

「朝比奈殿が御家人の嫡男ということは、誰にも話してはならぬぞ。たとえ相手が千浪でもだ」

「承知仕りました。口が裂けても口外いたしませぬ」

中岡英次郎が大きく顎を引いた。


「それで、英次郎様はいかがなされるご所存で」

千浪が問うた。

中岡英次郎は千浪の居間にいる。

肩をいからせて応えた。

「これより朝比奈幻八の居場所へ出向き、なぜ嘘偽りを申したか問いただし、時と場合によっては口を封じるつもり」

千浪が小馬鹿にしたような笑みを浮かべた。

「できますかしら」

「何といわれる」

中岡英次郎の顔が膨れあがり、紅潮した。

「剣で朝比奈さまに勝つのはとても無理。さりとて人を頼めば秘密が漏れる恐れが生じる。騙し討ちは武士の面子にかかわる。どのような手があるか、お聞かせ願いたいもの」

「それは」

恨めしげに睨みつけた。

「父上のいうとおりになさりませ。わたしも、日頃の悪ぶった様子はともかく、朝比奈さまは信ずるに足るお方とおもっております」

「拙者は、そうはおもわぬ」

「生兵法は大怪我のもと。何事も、まず思案を深くなされたほうがよろしいかと」

「千浪どの」

「お帰りくださいませ。今日は気分がすぐれませせぬ」

千浪が立ち上がり廊下へ出て呼びかけた。

「勘助、英次郎さまが帰られる。履物の支度をいたせ」

中岡英次郎が大刀をひっ掴み、裾を蹴立てて立ち上がった。

玉泉堂の奥の座敷には一触即発の、剣呑《けんのん》な気が張りつめていた。

「それじゃ死人が出なきゃ銭は出せねえというのか」

幻八が怒鳴った。

「大きな声を出さねえでもらいてえな」

仲蔵がわざとらしく両の耳を掌《て》でおおって、首をすくめた。

幻八は向かい合って座る仲蔵を睨みつけた。

「何としても美女番付にのせた女たちの身を守らなきゃならねえ。そのためには一つ所に女たちを集めるしかねえんだ。わずかの人数で横綱、三役、前頭に格付けした数十人近くの女を守るには、それしか手がねえんだよ」

「吉原角海老楼の呼び出し、梅香はどうするんだ。吉原においといた方がいいと、わたしはおもうがね」

「屁理屈をいうんじゃねえ。梅香は吉原の四郎兵衛《しろべえ》まかせでいいだろう。茶汲み女や芸者はひとりのことが多い。女ひとりでどうやって身を守るんだ」

「そうはいってもよ。女たちが日々稼ぎ出す銭まで、わたしが責任を持つなんてこたあ、無理な話だ。第一、銭が幾らかかるかわからない。女たちをいつまで守ればいいのか、それがわからなきゃ、一つ所に集めたはいいが銭がつづかず今度はわたしが首をくくらなきゃならなくなる」

仲蔵がまくし立てた。

「ここ数日で決着をつけるつもりだ」

「約束できるかい。それ以上、時はかけねえとよ」

「相手があるこった。約束はできねえ」

「なら話はこれまでだ。まだ一人の女も死んでねえ。お殿様からかわいがられて案外いいおもいをして喜んでるかもしれねえじゃねえか」

「一人の死人も出ていない。案外いいおもいをして喜んでるかもしれねえだと。じゃ聞くが、一人でも女が死んだら玉泉堂の身代《しんだい》かけてもいいんだな」

「売り出した読売がもとで死人が出たら、懺悔の念を籠めての供養代がわり。玉泉堂の身代のひとつやふたつ、投げ出してもいい覚悟はあるぜ」

「そのことば、忘れるんじゃねえぞ。もう頼まねえ」

大刀に手をのばした。

「刀に手ぇかけたな。何をする気だ」

甲高い声でわめいて、尻をついたまま後退《あとずさ》った。

「頭を冷やして、よく考えるんだな。欲ばかりかいてると、ろくな死に方はしねえぜ」

　立ち上がった幻八は仲蔵を一瞥《いちべつ》し、戸襖を開けた。

　外へ出ると、すでに陽は落ち、夜の帳《とばり》がすっぽりと町々を包み込んでいた。幻八は望佗藩下屋敷に足を向けている。

「忍び込み、女たちを助け出す」

　そう腹をくくっていた。やられて命を失うかもしれない。が、それも仕方がない、とおもっていた。

　仲蔵とふたりで酒を呑みながら、噂話を積み重ねて適当にでっち上げた美女番付だった。裏をとって書いた文言だったら、

「おれの書いたことに間違いはない」

と、たとえ読売がもとで人死にが出ても胸を張って、突っぱねることができる。

が、美女番付はただの、

〈独断と偏見。勝手な思い込み〉

の与太話にすぎない。

〈その与太話がもとで女四人が拐かされたのだ〉

ひょっとしたら殺されるかもしれない、とおもうと、しでかしたことの大きさにこころが痛んだ。稼業がら春をひさぐこともあるだろう。褒められたことではないが、女の肉体《からだ》を求める男がいるから成り立つ裏の商いをやっているだけのことで、盗み、人殺しなどとは一線を画する、罪とはいいがたい罪だと幻八は判じていた。

歩みをすすめる幻八は尾行に気づいていた。それもふたり、の気配を感じとっていた。ふたりとも玉泉堂を出たときからついてきている。

吾妻橋を渡り源森橋へ抜けて、水戸家の下屋敷の塀に沿って歩いた。常泉寺の塀の切れ目を左に曲がるところをまっすぐにすすみ、小倉庵《おぐらあん》の叢林《そうりん》に足を踏み入れた。

ひとりの足が止まった。その後から走り寄る足音が耳を打った。

もはや尾行者のひとりはその存在を隠そうとはしていなかった。刀の鯉口を切る気配がした。

幻八も鯉口を切りながら振り返った。八双に構えて斬りかかってくる武士の姿が目に入った。

月明かりが武士の顔を照らし出した。

「中岡、英次郎!?」

なぜ襲いかかってくるか理由《わけ》がわからなかった。

「謀りおって、成敗してくれる」

吠えて斬りかかった英次郎の一太刀を軽く受け流した幻八は、正眼に刀を置いた。

「謀ったと申したな。おれが何をした」

中岡英次郎が上段に構えてわめいた。

「とぼけるな。御家人の嫡男の身が親代々の浪人と嘘をついたではないか」

幻八は薄ら笑った。

「誰から聞いた。以前申しておった中立を装った密偵役の藩士か」

「そうだ。天網恢々疎《てんもうかいかいそ》にして漏らさず、というぞ。密事は必ず露見するのだ」

幻八は含み笑った。

「何がおかしい」

中岡英次郎の声が尖った。

「大仰《おおぎょう》な物言いだとおもってな。いかにも、おれは御家人だ。貧乏していて銭が欲しかった。御家人といったら用心棒に雇ったか。此度の策を幻八流『嘘も方便』兵法という。用心棒の仕事は果たしているつもりだ。多少のことは大目にみろ」

「多少のことだと、許さぬ」

斬りかかってきた。

「うるさい奴め。いまは虫の居所が悪いんだ。あまりの浅はかさに呆れかえるわ。懲らしめてやる」

中岡英次郎が振るった一刀を迎え撃ち、鎬《しのぎ》で弾いた。よろけて、たたらを踏んだ英次郎が体勢をもどし、再び刀を振りあげて迫った。振り下ろす。

刹那……。

幻八の刀が電光と化して、中岡英次郎の右肘に炸裂した。

鈍い音がした。骨が折れたようだった。

「痛《いた》っ。痛いっ。痛い〜」

大刀をとり落とし、右肘を押さえて激痛にのたうった。

「右肘の骨を叩き折った。これで、しばらくは刀は使えまい。闇討ちを仕掛けられる心配はなくなるというわけだ」

痛みに耐えられないのか、中岡英次郎のわめき声はさらに高くなった。泣き声がまじっている。見苦しかった。情けないものがあった。

「人目につくは武門の恥。武士の情けだ。しばらく黙らせてやる」

幻八は中岡英次郎の首の根に、狙いすました激烈な峰の一撃をくれた。

中岡英次郎は大きく呻いて目を向き、悶絶した。

五

幻八は早足になっていた。

つけてくる足音も幻八の動きにあわせていた。もはや尾行していることを隠す気はないようだった。幻八も気にしていなかった。見え隠れについてくる者が何者か、おおよその見当がついていたからだ。

(遠山様の息のかかった五助の手の者であろう)

だとすれば、幻八にとって味方ともいえる立場の者でもあった。万が一の事態に立ち至ったときには、五助への知らせを託すくらいのことはできるはずだった。

みょうに気持ちが高ぶっていた。理由はわからない。ただ、勘が、

(必ず何かが起きる)

と告げていた。

遠山金四郎が、

「何の根拠もないが、おれの勘はよく当たる」

と得意気に幻八に告げたことがある。

幻八の勘も、

「不思議によく当たる」

と幻八自身、感じていた。

野生の獣には、火山の噴火や地震などの、天変地異を予知する能力が備わっていると聞いたことがある。危険を感じとる力が強くなければ、弱肉強食の野獣の世界では生きることさえ許されないのだろう。

（おれにも、そんな獣に近い血が流れているのかもしれない）

ふと、そんなおもいにとらわれた。

「獣か」

幻八は苦笑いを浮かべていた。

（そうかもしれぬ）

とおもった。

（それでいいではないか）

とのおもいが湧いた。

獣たちの世の中と考えたほうが、この浮世の有り様がはっきりと見極められる。我欲と我欲が絡み合い、揉み合う。力の強い者が相手を倒し、おのれの欲するものを手に入れる。そこに情けの一欠片《ひとかけら》もない。

が、幻八には、獣になりきれぬ『こころ』があった。野に咲く、名もない、売り物にもならぬ花を見ても、

（美しい）

とおもい、無邪気にはしゃいで笑う赤子を見て、何のかかわりもない行きずりの者の子でも、

（かわいい）

と感じる。

そこには何の欲も、損得もない。

が、欲得の戦《いくさ》に勝ち抜き、巨額の富と権勢を手に入れようとする者たちには、そんな一文にもならぬ、おのれのこころの動きに気をとられる余裕などあるはずがないのだ。生命《いのち》には限りがある。しょせん、おのれの生命がつづいている間の、

定められた時間内の勝負事なのだ。

（こころが弱いのだ。おれには大事を仕遂げることはできぬ）

幻八はそう諦めていた。が、

（こころの命じるままに生きる）

ことが比類なき富と権勢、はたまた天下をとって、この世に君臨するよりも大事なことにおもえるのだった。

そんな幻八にとって、

（おのれのいい加減がもとで人を死に追いやる）

など耐えられぬことであった。

幻八は、今夜望佗藩下屋敷に討ち入る覚悟を決めている。

「たとえおのれの命が果てようとも、皆とはいわぬが女たちの何人かは救い出す」

いまの幻八にとって、それがすべてであった。

望佗藩下屋敷の裏門近くに立った幻八は、忍び入る場所を見いだすべく、ぐるりを見渡した。目隠しの役割をになった立ち木が、塀の中から枝をのばして並んでいた。そのうちの一本に飛びつけば手が届く大枝があった。

幻八は、それをつたって忍び入ると決めた。

歩き出す。

「幻八の旦那」

忍びやかに呼びかける声があった。

足を止めて目をやると、道ばたの並木の蔭からひとりの男が姿を現し、近寄ってきた。

闇が次第に薄れて、おぼろな男の顔がはっきりと見えた。

「仙太《せんた》か」

仙太は石倉五助の手下の岡っ引きであった。

「旦那、どうしたんです」

「何が、どうした、だ」

「いえね。なんか、これ以上ないってくらい怖い顔をしてますぜ」

「そうか……」

語尾が沈んだ。

（いかぬ。戦う前から負けている。つねのこころを失っているのだ）

そのことに気づかなかった未熟に思いいたった。

にやり、とした。

仙太もつられて笑みを返した。

「よかった。いつもの旦那になった。いまにも死にそうな顔つきでしたぜ」

「仙太、いつから人相見になったんだ」

仙太が得意気に鼻をうごめかした。

「これでも石倉さまの手先をつとめて四年近くになる岡っ引きですぜ。それなりの修羅場は踏んでまさあ」。

「そうか。見直したぜ。声をかけてくれて、ありがとうよ」

仙太の肩を軽く叩いた。素直な気持ちだった。

「いやあ、そういわれると、なんか……」

照れたような顔つきになって仙太が頭を掻いた。

「身を隠せ」

突然、幻八が仙太を押した。

「旦那、何があった、む……」

問いかけた仙太の口に手をあて、首に手を回して引きずるようにして木陰に飛び込んだ。

「見ろ」

顎をしゃくった。

望佗藩下屋敷の裏門の潜り口が開き、なかから数人の武士が出てきた。いずれも頬隠《ほおかく》し頭巾をかぶっている。つづいて頬被《ほおかぶ》りをした尻端折《しりばしょ》りの小者が出てきた。葛籠《つづら》を背負っていた。後詰めの者か、数人の武士がつづいた。やはり頬隠し頭巾で顔を覆っていた。

一行は幻八たちが身を潜めた大木の前を通り過ぎていく。

（葛籠？）

幻八は首を傾げた。

「まさか」

おもわずつぶやいていた。

「旦那」

仙太が呻いて、幻八を見つめた。その目にただならぬものがあった。

「つけるぞ」

幻八がゆっくりと身を起こした。並木をつたって歩き出す。仙太がつづいた。

一行がすすんでいく左手に、常泉寺の甍が黒い影を落としていた。

幻八と仙太は見え隠れに後をつけていく。

「この方向だと行き着く先は隅田川ですかね」

仙太が小声でいった。

幻八は無言でうなずいた。前方に視線を注ぎながら、幻八には、ずっと気にかかっていることがあった。

玉泉堂からずっとついてきていた、中岡英次郎以外の尾行者のことであった。

（並みの者ではない）

とのおもいを強めていた。

中岡英次郎が斬りかかってきたときも、望佗藩下屋敷から武士たちが出てきたときにも、決して気配を崩すことはなかった。未熟な尾行者は、予期せぬことが起きると必ずこころを乱すものだった。その気の乱れが因《もと》で、尾行を気づかれる場合が多々あった。この尾行者にはそれがなかった。

いまも、尾行者は幻八にその存在を隠そうとはしていなかった。

葛籠を背負った小者を取り囲むようにして一群は進んでいく。水戸家下屋敷の塀が途切れて土手道に突き当たった。

一群は右へ曲がった。このあたりは桜の木々がつらなる一帯で、春ともなると土手に筵《むしろ》を敷き、町人たちが、

「呑めや唄えや」

の花見の宴を催す江戸有数の桜の名所であった。

が、その桜の木も、木枯らしの吹くこの季節ではすべての葉を散らせて、枯れ木ともみゆる様相を呈していた。

桜並木のなかほどにさしかかったあたりで、一群は土手へ下りていった。

「隅田川へ葛籠を捨てるつもりか」

幻八がつぶやいた。

「なかみが気になりやすね」

仙太が応じた。

(斬り込むか)

幻八は刀の鯉口を切ろうとして止めた。顔を見られたら、かえって篤石らの警戒を招き、女たちを救出しにくくなると判じたからだ。

「なかみを改めなきゃなるめえよ。近くに渡し船の船着き場があったな」

「橋場の渡し、でさ。船の何艘かは、いつも舫《もや》ってあります」

「葛籠が川へ投げ入れられるのを見届けたら、気づかれぬよう船のところに急ごう。沈む前に引き上げねばならぬ」

土手へ下った一群が見えなくなった。幻八たちは桜の立ち木の蔭に走った。身を隠す。

刹那……。

走り寄る足音が派手に響いた。

幻八の目線の先をかすめて、頬被りをした尻端折りの遊び人風の男が、一気に土手を駆け下りた。武士たちの一群に迫る。

気づいた武士の一人が抜刀し、切り掛かった。身をかわした男は武士に体当りをくれ、飛び離れたときには大刀を奪い取っていた。斬られたのか武士が腕を押さえてうずくまった。

間髪を入れずに、男は一群に斬り込んでいた。小者に踊りかかり、葛籠にかけられた荷縄を切り落とした。

葛籠が土手に落ちた。坂を転がり落ち、窪地になっていたのか跳ねるようにして落ち込み止まった。その勢いで葛籠の蓋が開き、なかから何かが転がり落ちた。

人形のように見えた。

「引け」

頭格の武士の下知に一斉に一群が逃げだした。途中で腕を押さえて座り込んでいた武士を助け起こし、後ろも見ずに駆け去って行く。

頬被りの男が刀を放り投げて、人形の傍らに膝をついた。

駆け寄った幻八たちを振り向いて告げた。

「女だ。ひとり、殺《や》られちまった。首筋、両の肩を切り裂いたあげく、乳房まで抉《えぐ》ってやがる」

頬被りの下から覗いたのは、遠山金四郎の顔だった。

呼びかけようとした幻八を遮るようにいった。

「遊び人の金さんだよ。何かと面倒な身の上だ。後の始末は頼むぜ」

いうなり、立ち上がり、さっさと走り去っていった。

「凄《すげ》え遊び人もいたもんだ。うちの石倉の旦那より、ずっと強いんじゃねえか」

見送って仙太がつぶやいた。

幻八は女の傍らに片膝をついて死に顔を見つめた。見知らぬ女だった。背後から仙太が声をあげた。

「お喜代だ。もちろん旦那もご存じでしょう。東の関脇に格付けされていた音羽の水茶屋の茶汲み女、お喜代ですぜ」

幻八は、こころが凍りついていく衝撃に襲われていた。おのれの為した、いい加減な仕事が、見知らぬ女の命を奪ったのは明白だった。

「もちろん旦那もご存じでしょう」

といった仙太の言葉が矢と化して、幻八のこころに突き立っていた。

幻八は両膝をついて座りこみ、身じろぎもせずに、お喜代の死に顔を見つめつづけていた。

第五章　湯島《ゆしま》ノ粋《いき》

一

「いつもの幻八らしくなく、逡巡の様子が見えたので出しゃばった真似をしてしまった。望佗藩下屋敷に乗り込んで、拐《かどわ》かされた女たちを助け出すことは、幻八にしかできぬ。支配違いの壁を破るはなかなか面倒。わしには密かに手助けしてやることしかできぬでな」

遠山金四郎は、北町奉行所の御用部屋で石倉五助と向かい合って坐している。執務始めには、まだ時があった。五助は遠山金四郎の急な呼び出しに早出したのだった。

「幻八が来た日から、御奉行がしばしば外出《そとで》されると聞きました。おそらく遊び人に姿を変え、幻八をつけておられるのであろうとおもっておりましたが」

「女の死骸《むくろ》は中ノ々瓦町《なかののかわらまち》の自身番に安置してあるのだな」

「仙太が手配をすませております。『美女番付』の東の関脇に格付けされた音羽の水茶屋の茶汲み女、お喜代だそうで」

「一昨夜に下屋敷に運び出された女が誰か、わかったのか」

「まだ届けが出ておりませぬ。女たちの奉公先にあたればわかること。数日中には突き止めまする」

「望佗藩の動き、正気の沙汰とはおもえぬ。拐かされた四人のうち、ひとり殺された。残る三人の命も風前の灯火《ともしび》。これ以上の非道を見逃すわけにはいかぬ」

「ご指示を。幻八とともに斬り込む覚悟はできております」

「止《や》めておけ」

「は？」

「幻八はともかく石倉、おぬしの剣の業前《わざまえ》では命を失う恐れがある。犬死には許さぬ」

「犬死に？　それはあまりに手厳しいおことば……」

「おのれの力量を見極め、その範囲《なか》でお勤めに励む。それでいいと、わしはおもう。ひとりでも欠ければ、組織の動きに歪みが生じ、鈍いものとなる。それをわしは恐れるのだ。わかるな。無理はいかん」

「御奉行……」

「重ねて命じる。幻八の動きから目を離すな。あ奴、昨夜も単身斬り込む覚悟でいた。すでに命を捨てているとみた。死なせてはならぬ。危ういと見たら、卑怯とそしられてもいい。何としても止め立てするのだ」

「は。これより、わたしめは幻八に張りつきまする」

石倉五助は眦《まなじり》を決した。


中ノ々瓦町の自身番では、玉泉堂仲蔵が蓋のあいた葛籠《つづら》のなかをのぞき込んでいた。身動きひとつしない。

しばしの沈黙があった。

仲蔵が背後に立つ幻八を振り返った。

「幻八さん、わたしは覚悟を決めたぜ。玉泉堂の身代《しんだい》をかける。女たちを守るんだ。馴染みの湯島の料理茶屋に女たちを集める」

「俺は別件で忙しい。用心棒の当てはあるのか」

仲蔵が首を傾《かし》げた。頭のなかで心当たりを手繰《たぐ》っているようだった。

「いるのか、誰か。かなりの腕前でなければ女たちを守りきれないぞ」

「……当てがないこともねえ」

「誰だ？」

「いまはいえねえ。引き受けてもらえるかどうか、わからないお人だ。が、あの方なら、まず間違いねえ」

「俺は江戸屋敷へ戻る。此度《こたび》の女殺しの一件をつたえるためにな」

「湯島の『粋月《すいげつ》』だ。そこが砦がわりよ。顔出してくんな」

幻八が無言でうなずいた。


幻八が望佗藩江戸屋敷に着いたときには、すでに陽は傾きかけていた。

門番から知らせがあったのか、若林頼母の屋敷の門前に勘助が迎えに出ていた。

やってきた幻八に歩み寄り、小声で告げた。

「中岡さまがお怪我をなされたとかで治癒するまで顔を出せぬと今朝方、お知らせが」

「そうか。役に立たぬ男だ」

勘助は曖昧な笑みを浮かべるや、腰を屈《かが》めて挨拶し庭づたいに奥へ走った。幻八の来訪を若林頼母につたえにいったのだろう。

若林頼母は前においた脇息に両腕を置き、背中を丸めて座っていた。

座敷に入ってきた幻八の顔を見るなりいった。

「英次郎に手ひどい仕置きをくれたのではないか」

「しらぬ」

素っ気なく言い放ち、頼母の前で胡座《あぐら》を組んだ。

「その様子では、かなり機嫌が悪そうだな」

上目遣いで見やった。

「『美女番付』の東の関脇に格付けした女が殺された。おれは、女を入れた葛籠を担いだ小者と前後を固めた武士たちが望佗藩下屋敷から出てきたのをこの目で見届けている」

「女がひとり殺された、と。誰が殺したのだ……」

若林頼母が視線を泳がせた。

わずかの間があった。

思い至ったのか、驚愕が面《おもて》に走った。

「まさか」

若林頼母が幻八を見つめた。

「そんな非道を為す奴はひとりしかおるまい。青山直範よ」

「おのれ、殿を呼び捨てにするか。無礼な」

幻八がせせら笑った。

「どこぞの浅慮の軽薄者から聞いた。おれが御家人の倅《せがれ》であることがばれたようだな」

「それでは、すべてをあかるみに」

「出しても一文にもならねえよ」

「どうすればよいのだ」

「『美女番付』にのせた女たちを守るための銭を、ご家老様に用立ててもらいたいのさ」

「わしの用心棒も続けてくれるのだな」

「用心棒代を増やしてくれればな。なんせ浅はかな未来の婿殿に、不意打ちを仕掛けられたのだ。おれだから助かったようなものの、へたすりゃお陀仏になっているぜ」

「わかった。月々の手当、十両増やそう」

「いや。いま十両くれ。この仕事、長引かせる気はない」

手を出した。

「……やむをえぬ。十両だそう」

若林頼母は立ち上がり、違え棚の戸袋を開けた。なかから漆塗りの、いかにも高価そうな木箱を取りだした。

再び、脇息を前に座り、木箱を置いた。蓋を開く。なかから小判を十枚、取りだした。

「十両だ」

「後で湯島の料理茶屋『粋月』から掛け取りを寄越す。女たちを守るための銭、約定どおり払ってくれ」

「出かけるのか」

「ああ。これ以上、死人を出すわけにはいかないからな」

「わしは、どんなことをしても望佗藩を守らねばならぬ。藩士たちを路頭に迷わせるわけにはいかぬのだ。食い扶持だけは与えてやる責務が、わしにはある」

「いい心掛けじゃねえかい。喰えなきゃ生きてはいけない。一度はすげ替えた御殿様の首だ。何度でも気に入るまですげ替えるさ」

幻八は大刀を手に立ち上がった。


仲蔵が、際物師《きわものし》や唄もの師、彫師に刷り師までも動員して、一気に集めた女たち十数人が粋月の大広間に集められていた。礼太たちは残る女たちを連れてくるべく、再び江戸の町へ散っている。

幻八はせしめた十両を懐に粋月へやってきた。

表戸を開けて入っていくと、上がり框《かまち》に腕組みをした仲蔵が腰掛けていた。

幻八の顔を見た途端、仲蔵は安堵の色を浮かべて立ち上がった。

「帰ってきてくれたのかい。よかった。江戸屋敷で足止めを食ってるんじゃないかと心配してたんだ」

「十両ある。何かの足しにしてくれ」

「ありがてえ」

幻八が懐から取り出した十両を仲蔵が押し頂いた。

「もうひとつ押し売りする恩があるぜ。粋月の払いは、望佗藩で払ってくれるよう御家老様に話をつけた。後で掛け売りを御家老のところに行かせてくれ」

「幻八さん。恩に着るぜ」

手の甲で鼻をこすった。

「ところで用心棒はみつかったかい」

「そのことよ。わたしが頼みにいったら二つ返事で引き受けてくだすった。断られると覚悟してたんだが、ありがたくって涙が出ちまった」

「どこの誰だい」

「ここの二階はすべて、女たちのために借り切ってある。『敵を迎え撃つには、この場しかない』とおっしゃって階段を上がったところの脇に座ってらっしゃる」

「顔を拝ませてもらおうか」

「驚いちゃいけねえぜ。幻八さんの知り人だからよ」

「おれの知り合いだと」

訝《いぶか》しげな顔で振り向いた幻八に、仲蔵が不安の入り混じった曖昧な笑みを返した。

幻八が階段を上り始めたとき、刀の鯉口《こいくち》を切る気配を察した。凄まじいまでの気迫に圧《お》され、足を止めた。まだ三段しか上っていなかった。

躰《からだ》がすくむほどの凄絶《せいぜつ》さが籠《こ》められた気だったが、不思議にも殺気は感じなかった。が、警戒を解くわけには行かない。幻八は刀の鯉口を切った。いつでも抜刀できるように柄に手をかけ、ゆっくりと次の段へ足をかけた。

そのとき……。

階段の上に武士が現れた。着流した渋茶の小袖の裾しか見えなかった。着古した、みるからに安手の、粗末な衣服だった。よほど切りつめた暮らしをしている者とみえた。

（敵意はない）

そう断じた幻八は柄から手を離し、階段を上りはじめ、数段いったところで足を止めた。

武士の顔に見覚えがあった。そこにいるはずのない人物だった。

「父上……」

信じられなかった。が、微笑みかけたのは、まぎれもなく朝比奈鉄蔵だった。

「父上が、なぜ？」

愕然と立ち尽くした幻八に鉄蔵が話しかけた。

「幻八、また腕を上げたな。気配を感じとる力も増した」

満足げに目を細めた。

「父上、こんなところで何をしておられるのです」

問いかけていた。

「玉泉堂の仲蔵からぜひにと頼まれたのでな。引き受けたのだ、用心棒を」

「そんな、父上がやる仕事ではない。すぐお帰りください」

「なぜだ。わしもたまには内職をして、稼がねばならぬとおもうていたところだ。それに」

「それに何です」

「仲蔵からもらった用心棒代は、深雪に渡してしまって、もうわしの手元にはない」

「父上、なりませぬぞ。何としても引き上げてもらいまする」

いうなり、踵《きびす》を返した幻八は一気に階段を駆け下りた。

仲蔵に飛びかかり、ものもいわずに拳の一撃をくれた。

一瞬の出来事だった。

呻《うめ》いて床に倒れた仲蔵の背中を踏みつけて、幻八が吠えた。

「おのれ、許さぬ。事もあろうに、おれの親父殿に命がけの用心棒を頼むとは、勘弁できぬ」

腰から鞘ごと大刀を抜き取るや上段に振り上げた。

「ひえっ、お助け。勘弁してくれ。謝る。わたしが悪かった。幻八さん、堪忍」

「許さねえ。腐った根性、叩き直してやる」

刀を振り下ろそうとした腕を摑んだ手があった。肘の近くの急所を押さえられ、痛みに幻八が呻いた。振り向くと鉄蔵の顔が間近にあった。

「父上、こやつ……」

「乱暴は許さぬ。わしの雇い主じゃ。わしも人並みに働きたいのじゃ。わしが身につけたものは剣しかない」

「父上……」

幻八が振り上げた大刀をおろしかけた。鉄蔵も握った手の力をゆるめた。

「すまねえ、幻八さん。このとおりだ。信用できる、腕の立つ侍を他におもいつかなかったんだ。で、頼み込んだ。すまねえ、このとおりだ」

踏みつけられたまま両の手を合わせた。幻八が仲蔵の背中から足をのけた。

「すまねえ。わたしの考えが浅かった。勘弁してくれ」

起き上がった仲蔵が額を床に擦りつけた。

睨みつけたままことばを発しない幻八に、鉄蔵が話しかけた。

「幻八、わしは楽しんでもいるのじゃ。ここ粋月に集められたは、すべて眉目《みめ》麗しい女たちだ。まさしく、湯島の粋《いき》。剣の修行に明け暮れてきたわしの、初めての目の保養。たとえ我が子といえども邪魔はさせぬぞ」

「父上……」

「幻八。見知らぬ世界を見せてもらっている。おもしろい。実に愉快だ。これからも役に立つことがあれば、たびたび仲蔵殿の世話になるつもりだ。これも、親孝行のひとつだとおもえ」

幻八の肩に手を置き、鉄蔵が呵々《かか》と笑った。

二

浅草寺の鐘が夜四つ（午後十時）を告げて鳴り響いている。

幻八は望佗藩下屋敷の裏門近くにいた。

（斬り込んで三人の女を助けだせるのか）

おのれに問いかけてみた。

答は「否」であった。

同じ問いかけを何度か繰り返している。

よくてひとり助け出せるか、悪ければ幻八が警固の者と斬り合っているうちに三人とも殺される。それが幻八自身が導き出した結論であった。

しかし、迷っている。

いつ女たちが殺されてもおかしくない状況下にあった。あまり時間はかけられなかった。

幻八は後ろを振り返った。五助がつかず離れずつけてきていることはわかっていた。五助もあえて尾行を隠そうとはしていない。

木の陰から窺う五助の姿が、ちらり、と見えた。

刹那《せつな》……。

幻八は苦笑いを浮かべていた。

(五助ならどうするか。問うてみよう)

後ろを振り向いたとき、こころをよぎった思案を打ち消していた。

が、このことがかえって幻八に、

(迷いがあるうちは事の成就はおぼつかぬ)

と、腹をくらせた。

幻八は望佗藩下屋敷に斬り込んで女たちを救出することを止めた。踵を返す。

足の向く先は決まっていた。湯島の粋月にもどり、鉄蔵にかわって用心棒の役目を果たさねばならない。急ぎすすめたことでもあり、鉄蔵のほかに女たちを守る用心棒の手当てはついていなかった。幻八にも、仲蔵にも信頼できる新たな用心棒の当てはなかった。

みょうに義理堅いところのある鉄蔵のことだ。躰に無理は承知の上、わずかの仮眠をとるだけで用心棒のつとめに励むはあきらかだった。

幻八は、鉄蔵を少しでも休ませたい、とおもっていた。そのためには、おのれが辛い目をみてもいい、と覚悟を決めていた。

石倉五助は幻八を見張りつづけていた。夜、幻八が湯島の粋月に入ったのを見届けた五助は、近くの自身番へ向かった。番太に幻八の張り込みを命じて仮眠をとった。翌早朝、粋月に戻って、五助は張り込みをつづけた。

明六つ（午前六時）前に幻八は望佗藩江戸屋敷に入った。一刻（二時間）ほどして出てきた幻八は、小者をひとり連れていた。とくに談笑するでもなく、ふたりは小名木川にかかる高橋を渡り、左へ折れた。河岸道をまっすぐ行き、扇橋の手前を右へ曲がった。横川沿いに木場の木置場へ向かっていく。

このあたりには大名の下屋敷が立ちならび、道なりに行くと左手に洲崎弁天の社《やしろ》が見えた。

幻八と小者は左へ折れて江島橋《えのしまばし》を渡り、洲崎弁天の境内《けいだい》へ入っていった。

(洲崎弁天に何の用があるというのだ)

石倉五助は首を傾げた。幻八は神信心をするような男ではない。何か目的があるはずだ。そう推し量った五助は、幻八たちが入っていった料理茶屋『浜風』の出入りを見張ることのできる、茶屋の縁台に腰をおろした。

運ばれてきた茶をすすり、団子を食べようと手にとったとき、それは起こった。

浜風の瀟洒な建物の向こう、たおやかな陽差しを浴びて白い波頭をことさらに煌《きら》めかせて広がる海原に、一艘の小船が漕ぎ出していた。その船に乗っているのは幻八と連れの小者に違いなかった。

五助は団子を手にしたまま海辺へ走った。

幻八たちを乗せた小船は、みるみるうちに遠ざかっていく。

(船の手配をせねば)

と焦るが、手配に走れば小船を見失ってしまう。どうしたものか、と迷ううちに、小船はやがて視界から消え去ってしまった。

五助はただ呆然と、その場に立ち尽くしていた。


小船のなかで、幻八は五助の視線を背中に強く感じていた。伴野七蔵を尾行していたとき、まんまとしてやられた手口が、物の見事に的中したことに満足してもいた。幻八から決して目を離そうとしない五助をまく手段を考え抜いたあげく、おもいついたことだった。

波に揺られながら、幻八は若林頼母との会合を振り返っていた。

幻八は、新たな策をもって若林頼母を訪ねたのだった。女たちを助け出すために望侘藩下屋敷へ斬り込むのは焦燥が生んだ無謀の策、と気づいた幻八は搦《から》め手から攻める手立てをおもいついた。

国元へ乗り込み、青山監物の腹心の者を襲う。斬り倒せば、青山監物は若林頼母が放った刺客が暗躍している、との疑念を抱くだろう。必ず、

「いつ襲われるかとの恐怖心が高まれば、一味の団結がくずれかねない。勝負を一気につけねば事が破れる恐れがある」

そう考え、事の決着を急ぐはず、と若林頼母に談じ込んだ。

若林頼母には防御以外、何の手立てもなかった。

「その策、すぐに仕掛かってくれ」

若林頼母は身を乗り出し、

「勘助は国元から出てきた若党だ。国元の家臣たちの顔も見知っている。連れていくにはもってこいの男だ」

と、ことばを重ねた。

幻八は、

「襲うのはひとりでもよい」

と考えていた。はっきりと敵の名をたしかめ、

「奸臣《かんしん》め、天誅《てんちゅう》だ」

と呼びかけて斬りかかれば誰の差し金か、見当がつくはずだ。

幻八は、ここ数日のうちに事の決着をつける腹づもりでいた。

（手始めの望侘藩国元での仕掛け、しくじるわけにはいかぬ）

幻八は思わず拳を握りしめていた。

「おそらく小船の行く先は行徳であろう」

急ぎ立ち帰った石倉五助の報告に遠山金四郎は、そう応えた。

北町奉行所の御用部屋にふたりはいる。

「行く先は望佗か」

遠山金四郎はつぶやいた。独り言ともとれる口振りだった。

「望佗？　幻八め、望佗藩で何をしようというのだ。わからぬ」

五助が首を捻《ひね》った。

「そこが幻八らしいところよ。何をしでかすか、どうにも読めぬ。そこが、また、おもしろい」

遠山金四郎は、うむ、とうなずき、つづけた。

「ところで、玉泉堂が『美女番付』でとりあげた女たちを守るために、湯島の料理茶屋に集めたときいたが」

「『粋月』でございます。女たちの日々の手当まで支払うという、至れり尽くせりのやりようで、出した読売から生じた不始末の責めは負う、との心意気は近頃珍しい話、読売の板元の鏡と江戸中の評判となっているようで」

「美女拐かしに望佗藩がかかわっていることは、はっきりしている。城主がその色香に溺れて、城を傾け滅ぼすほどの美女を『傾城《けいせい》』という。『美女番付』は、まさしく望佗藩の浮沈を決める『傾城番付』ともいうべきものかもしれぬな」

遠山金四郎は、そこでことばを切った。

わずかな間があった。

「望佗藩の藩主青山直範様は、御三卿の一家・清水家から迎えられた御方であったな」

「如何様。清水家におられたころは穏やかで控えめな、気遣いのある御方だったときいております」

「これは望佗藩一藩の傾城騒ぎでは終わらぬかもしれぬぞ。御三卿に傷がつくとなれば、御上の面目にもかかわること。どうしたものか」

遠山金四郎は腕を組み、控える五助のことも忘れて、思案の淵に沈みこんだ。

行徳から房州街道を道なりに南下し、上総と房州の国境の真ん中辺の、江戸湾に面した一帯が上総国望佗であった。上総国は幕府天領、旗本知行地、譜代の小大名領と細かく分割され、国境をめぐり、些細な揉め事の絶えぬところであった。

望佗藩は領内に木更津《きさらづ》の湊《みなと》を有し、山海の物産にも恵まれ、海運も盛んで、

「内情は石高以上」

と他藩から嫉《そね》まれるほど豊かな藩であった。

幻八は、青山監物の腹心の部下ともいうべき、次席家老森川外記の屋敷に斬り込むことにした。

読売のたね探しでひろった分限者《ぶげんしゃ》の醜聞を、

「読売に書き立てるつもりだが、魚心あれば水心。話次第ではどうにも転ぶこと」

と脅しあげ、多額の金子をせしめるのを裏の稼ぎとしてきた幻八である。

「身分にかかわりなく、おのれの屋敷、家に乗り込まれることを人は最も恐れる。乗り込まれたときの衝撃は極めて大きい」

と、強請屋稼業で培った経験から、明確に割り出していた。

森川外記の屋敷が寝静まったのを見届けて忍び込み、襲う。

次席家老の屋敷が襲われ、天誅をくわえられたとなれば、その屋敷より警戒の手薄な屋舎《おくしゃ》に住まう、身分の低い藩士たちは大きく動揺するに違いない。

「いつ襲われるかわからぬ」

との恐怖心にさいなまれ、夜もおちおち眠れぬ事態に陥るのはあきらかだった。
国家老筆頭の青山監物にしても、同様の心持ちになるはずであった。くわえて、
「襲撃されて斬られるかもしれぬ、との恐怖心が一味の者に芽生え、結束に罅《ひび》の
はいる恐れもある」
との不安が生じ、その結果、事の決着を急ぐに相違ない、と幻八はみていた。
江戸と違って望侘の町の夜は早仕舞だった。夜四つ（午後十時）には灯《あか》りの漏
れ出る家などなかった。森川外記の屋敷のある武家屋敷のつらなる一画は、
「寝静まった」
との一語に尽きる静謐《せいひつ》がたちこめていた。
幻八は勘助に案内させ、森川外記の屋敷へ向かった。道端に沿ってすすむ。
静寂が、わずかな物音を、常より大きく感じさせた。自然と忍び足になった。
森川外記の屋敷の庭木が、塀の外へ枝を伸ばしたところで、幻八は足を止めた。
「中腰になって塀に手をつけ。馬代わりになるのだ」
幻八が告げた。
「わたしの背に乗られて塀屋根を上られるのですね」
勘助が応えた。

「そうだわかりが早い。いい盗人《ぬすっと》になれるぞ」

「褒めことばとも、おもえませぬが」

いいながら勘助が中腰となり塀に手をついた。

「いいか。おれが忍び込んだら、すぐ逃げろ。落ち着く先は行徳船場だ。一日待って戻らぬときは、朝比奈幻八さまは武運つたなく斬り死になされた、と御家老につたえるのだ」

「御武運を祈っております」

「神頼みはせぬのが信条でな。気持だけはもらっておく」

勘助の背に乗り、塀屋根に手をかけた。腕に力を込め、ずり上がった。塀屋根に乗り移り、

「役目は終わった。行け」

不敵な笑みをくれて、屋敷内へ身を躍らせた。

「朝比奈さま、行徳船場でお待ち申しております」

勘助は屋敷に背を向けると忍び足で立ち去っていった。

幻八は立ち木づたいに行き、建物に沿ってすすんだ。

どこにも灯りがなかった。おそらく起きている者はひとりもおるまい。幻八は

そう推断した。

貧乏御家人でも武士のはしくれ、武家屋敷の造りは熟知している。幻八はまっすぐに森川外記の寝間とおもわれるあたりへ忍び寄った。

腰に下げた竹筒を抜き取り、線を抜いて雨戸の敷居にたっぷり水を流し入れた。こうすると雨戸を外すときの音が小さくなる、と盗人あがりのやくざ者から聞いていた。

音が立たないように慎重に雨戸を外した。おもいのほか、あっさりと外れた。ほとんど音はしなかった。

（なるほど、さすがに盗人の知恵。玄人には玄人の業《わざ》があるものだ）

感心しながら、取りはずした雨戸を別の雨戸にたてかけた。廊下に足を踏み入れる。ゆっくりとすすむと高鼾《たかいびき》が聞こえてきた。高鼾の座敷の前で足を止めた幻八は、戸障子を細めにあけた。

のぞくと高価そうな絹の夜具にくるまった初老の男が眠っていた。口を半開きにしている。森川外記とおもえた。

幻八は、ゆっくりと戸障子を開けた。中に入る。初老の男はぐっすりと寝入っているのか、寝返りひとつうたなかった。

歩み寄った幻八は大刀を引き抜いた。いきなり初老の男の顔を踏みつけた。激痛に呻き、身震いして初老の男が目を開けた。眼前に大刀を突きつける。ぼんやりと見やった目が驚愕に大きく開けられた。

「声を出すと突く」

低く告げた。

男の歯が鳴った。歯の根が合わぬようだった。

「森川外記、だな」

森川外記が目で大きくうなずいた。

いきなり幻八が顔を蹴った。悲鳴をあげて転がった森川外記に、

「御家に仇《あだ》為す奸臣め。天誅」

低く吠えた幻八が刀を振り下ろした。逃げようとした肩から背中を浅く切り裂いていた。急所は外してある。傷跡は残るが、まず命に別状はない程度の刀疵《かたなきず》だった。血を滲ませながら這いつくばって逃げようとする森川外記に告げた。

「此度《こたび》は命までは取らぬ。こころ改めねば、首が飛ぶことになるぞ」

刀を横に一閃した。切り落とされた森川外記の髷《まげ》が宙に飛んで落ちた。

ざんばら髪の頭を振り、森川外記はしきりにもがいた。腰が抜けたのか、手足

をばたつかせるばかりで、動くこともままならない様子だった。

「不忠者め」

芝居っ気たっぷりに吐き捨てるや、幻八は踵を返した。

庭へ駆け出るや裏門へ向かって走った。家人が起きてくる気配はまったくなかった。塀にしつらえられた潜り門を開け、一気に外へ走り出た。

三

行徳の船場で待っていた勘助は、幻八の姿を見いだすなり満面に喜色を浮かせて走り寄ってきた。

「上々の御首尾で」

「次の渡し船で江戸へもどろう。事の次第はおまえから御家老に知らせてくれ。おれは湯島の『粋月』に向かう」

「では、何かの節は『粋月』に行けば話がつながるので」

「そうだ。おれが出かけていても仲蔵にいえば、すべてわかるようにしておく」

勘助は頷《うなず》き、

「よかった。無事でよかった」

と何度も繰り返した。

乗客のなかに追っ手とおぼしき者は見あたらなかった。海へ漕ぎ出せば、修羅場の恐れはなくなる。渡し船の中で幻八は刀を支えに坐したまま眠った。勘助に肩を揺すられて起こされるまで、目覚めることはなかった。

目を開けると渡し船は、すでに江戸小網町の船着き場に接岸していた。

勘助と別れた幻八は、湯島の粋月へ向かった。何の異変も起きていないはずだ、とおもっても気が気ではなかった。

鉄蔵の剣の業前は幻八と五分、あるいは五分以上といってもよかった。が、寄る年波。大勢の敵を相手に長時間の戦いを強いられると、体力的にまいってしまうのはあきらかだった。

望佗藩の藩士や黒岩典膳の手の者たちは、必ず多人数で襲撃を仕掛けてくる。鉄蔵ひとりで戦うのは、はなから無理であった。仲蔵は役に立たない。五助が粋月に張りついていてくれたら心強いのだが、ともおもった。あまり頼りにはならぬが、仲蔵より強いのはたしかだった。

が、手の者ならともかく、五助が粋月を見張るなどあり得ないこととおもえた。

少しでも手助けしよう、として五助が尾行し続けていたことは、幻八にも薄々察しはついていた。

(それを、冷たくあしらって洲崎弁天に置き去りにしたのだ。いかに人のいい五助でも気を悪くしているはず)

とのおもいがある。

(何事もなかったことを願うのみ)

幻八はさらに足を速めた。


粋月に足を踏み入れた幻八は、愕然と立ち尽くした。

腕組みをした石倉五助が上がり框に腰を下ろしていた。

「おう。幻八、やっともどったか」

立ち上がって歩み寄った。小声でいった。

「どうだった、望佗は」

口は笑っていたが、目は幻八の反応を探っていた。

「さすが北の同心さまだ。おれの行った先がよく分かったな。首尾は上々といったところだ」

「どう上々なのだ」

「それはいえぬ」

「幻八、おれの立場はどうなる。少しは顔を立てろ」

目が吊り上がった。

「そんな顔をするな。おれは、ここ数日に勝負をかけているのだ」

「勝負を」

五助が黙り込んだ。ややあっていった。

「無理はいかんぞ。おれに手伝わせろ」

真剣な眼差しだった。

幻八は、凝《じ》っと見つめ返した。

「頼まれてくれるか」

「ああ」

「今夜一夜だけでいい。親父殿とともに『粋月』に泊まり込み、女どもの用心棒をつとめてくれぬか」

だった。

五助が無言で幻八を見つめた。何がいいたいのか探るような、心配げな顔つきだった。

いつにない幻八の生真面目な口調だった。

「五助、頼む」

「また、いえぬか。なら用心棒の話はなしだ」

「それはいえぬ」

「引き受けよう。おぬしはどうするのだ」


だった。

「親父殿は気は達者だが、大勢を相手にしての戦いは、体力からいって到底無理だ。相手が多いと斬り合う時間《あいだ》がどうしても長くなるからな」

「それで、おれに用心棒を」

「頼む。この通りだ」

幻八が頭を下げた。初めて頭を下げられて、かえって五助が慌てた。

「幻八、よせ。幼なじみの仲だ。他人行儀すぎるぞ」

「頼まれてくれるか」

「もちろん引き受けるとも。朝比奈の叔父さんを、むざむざ死地に追いやるわけにはいかぬからな」

「すまぬ」

「幻八、まさか今夜、危ないことを仕掛ける気ではあるまいな」

「そのつもりさ」

「幻八」

「これ以上、女たちを危険な目に合わせるわけにはいかぬ。一日も早く決着をつけるのがおれの責務だ」

「責務か。そのことば、おぬしの口から初めて聞いた。少し、まともになったようだな」

「それはどうかな。おれは、おれ。変わり様がないとおもうがな」

にやり、とした。

「それでいい。いつもの幻八にもどった。安心したよ」

「親父殿は上か」

二階を指さした。

「座敷で仮眠をとっておられる。階段を上りきったところに仲蔵が座っている」

幻八はまじまじと見つめた。

「それでは五助、おまえは親父殿に仮眠をとらせるために、ここに座っていたのか」

「まあ、そういうことだ」

五助が照れたような笑みを浮かべた。

幻八が笑みを返して告げた。

「この足で出かける。親父殿にはおれが来たことは黙っていてくれ。余計な心配をかけたくない」

「幻八、くどいようだが、無理はするなよ」

「わかったよ。親父殿のこと、頼んだぞ」

「まかせておけ」

五助が大きく顎を引いた。

笑みで頷き返した幻八が、ゆっくりと背中を向けた。


遠山金四郎は江戸城にいた。松の廊下で庭でも眺める風情で、幕閣の重臣のひとりが通りかかるのを待っていた。退出する時刻が迫っていた。

五十がらみの、がっしりした体軀《たいく》の風格ある武士が奥から歩いてくる。横目で、その姿をとらえた遠山金四郎が歩み寄った。

「御老中」

呼びかけたのは老中の一人、酒井雅楽頭《さかいうたのかみ》だった。

「何か御用か」

遠山金四郎がさりげなく身を寄せて、小声でいった。

「望佗藩藩主青山直範様の御乱行、目に余るとの報告が私めのもとにあがっております」

「清水卿には伝わっておらぬだろうな」

「まだ、ご存知ないかと」

「早めに手を打て。そういうことか」

「直範様を望佗藩へ仲立ちされたのは、御老中だと聞いております。病と称して直範様を隠居させ、御三卿の若君のどなたかを仲立ちされるのも、事をおさめる一案かと」

「いまならすべて穏便に運ぶ、というわけだな」

「如何様《いかさま》」

「よく知らせてくれた。このこと内聞にな。あとのことは余にまかせよ」

「承知仕《つかまつ》りました」

遠山金四郎は会釈して離れた。奥へ向かって歩いていく。酒井雅楽頭も歩きだした。城中で久し振りにあったふたりが時候の挨拶など交わして別れた、としかみえぬ動きであった。

幻八は橋場の料理茶屋の座敷に上がり込み、遅い昼餉《ひるげ》をとった。

「少し休ませてくれ」

と料理を下げにきた仲居に心づけを渡し、横になった。

暮六つ（午後六時）を告げる鐘の音で幻八は目覚めた。仲居を呼び、夕餉を頼んだ。

運ばれてきた川魚料理を、たっぷり半刻（一時間）ほどかけて食した幻八が料理茶屋を出たときには、あたりはすっかり夜の闇につつまれていた。

幻八は岳念寺へ足を向けていた。

岳念寺へ乗り込み、道仁を襲う、と腹を決めての動きだった。

若林頼母に、

「道仁を斬る」

と告げたら、

「岳念寺は菩提寺。何があろうとその寺の住職の命を狙うなどもってのほか」

と目に角を立てて、反対するに決まっている。

（神仏に使える身が、御家騒動の一派に与《くみ》するなど言語道断）

とのおもいが強い。

ましてや、

〈なんのかかわりもない女たちを拐かし、そのうちのひとりの命を奪った一味〉

なのだ。

「許せぬ」

つぶやいた幻八は、合掌できぬよう道仁の腕の一本も切り落としてやろうとおもっていた。

国元で、次席家老の森川外記が傷つけられて髷を切り落とされ、さらに江戸で岳念寺の住職道仁が襲われたとなると、青山監物も事の決着を急がざるを得なくなる。必ず密《ひそ》かに江戸へ出てきて陣頭で指揮をとるはず、と幻八はみていた。

岳念寺の甍《いらか》が夜空に黒い影を落としていた。

山門は固く閉ざされていた。提灯の灯りとおぼしき光が暗闇の一点をおぼろに染めて、移動していく。寺侍《てらざむらい》が夜廻りをしているのであろう。

夜廻りが遠ざかった頃合いを見計らって、幻八は山門に近寄った。小柄《こづか》を二本鞘から抜き取った。両手に持つ。幻八は、まず一本を塀との境の山門の柱に深々と突き立てた。もう一本も手の届く高さぎりぎりのところに突き立てた。小柄を支えがわりに躰を持ち上げた。足を柱にかけ、膝を使うとわずかだが、よじのぼることができた。かろうじて塀屋根に片手が届いた。力をこめてせり上がり塀屋根に腕を置いた。小柄を握った手を一方の支えとしてさらにずり上がる。小柄を離すや、素早く手を塀屋根に移した。これで両手が使えるようになった。

両腕で躰を引き上げ、塀屋根に足をかけた。塀屋根に身を置いた幻八はそろりと境内に降り立った。ぐるりを見渡す。警固は手薄なようだった。森川外記が刺客に襲われた、との知らせはまだ届いていないのだろう。

立ち木をつたうようにして庫裏《くり》へ近づいた。床下へ潜り込む。床上の音に耳をすました。夜が白みはじめた頃から朝の勤行の準備が始まる。僧たちは、いま、白河夜舟《しらかわよふね》のまっただ中にいるはずだった。

そろそろとすすむ。鼾と寝息が混じり合って聞こえるあたりを通り抜けた。

さらに行くと話し声が聞こえた。耳をすます。聞き覚えがあった。道仁と檜山篤石の声だった。

「篤円」

と道仁がよく通る太い声で話しかけた。篤円が低い声で応えている。

幻八は話し声のする座敷から少し離れた床下に潜んでいた。

話が終わったのか、戸襖の開く音がして、ひとりが座敷から出て行った。挨拶した声からして、座敷を出たのは篤円らしい。

幻八は行動を起こした。隣室とおもえる座敷の床下に身を移した。脇差で削って隙間をつくり床板を外した。畳を持ち上げ、ずらす。

躰を持ち上げて座敷へ這いのぼる。隣室から行灯の灯りが漏れていた。

立ち上がり、刀の鯉口を切った。そのあとの動きは迅速を極めた。襖を開け放つや、

「神仏の怒り、思い知れ。天罰」

と低く吠えた。

驚愕した道仁は、逃げようとして立ち上がった。よろけて、体勢をもどそうと両手を開いた。その右手を、幻八は目にも留まらぬ、凄まじいまでの抜き打ちで切り落としていた。

肘上から血を吹き出させ、道仁が呻き声を発して倒れた。畳を血に染めて、の

たうった。

幻八は戸襖を開け、血刀を下げたまま廊下へ出た。境内へ向かって一気に走った。

四

望佗藩国家老青山監物の屋敷は、朝五つ（午前八寺）前に江戸表より急遽つかわされた、岳念寺の寺侍小島要蔵の到着に色めき立っていた。

小島は深夜、小船を仕立てて木更津まで海路を来、上陸したのちは馬を手配して駆けつけたのだった。

着流し姿のまま応対に出た青山監物に、小島は懐より袱紗《ふくさ》につつんだ封書を取りだし、

「岳念寺の客僧、篤円様からの書状でござる。御披見《ひけん》くだされ」

と差し出した。

受け取った青山監物が封書を開き、書状を手にした。読みすすむうちに顔色が変わった。

「道仁殿が腕を切り落とされたと。刺客の人相風体からいって若林頼母が用心棒として雇った朝比奈幻八という者だと書面にあるが、まことか」

「は。篤円様は、相手が微禄《びろく》の御家人とはいえ公儀直参の者。密かに始末をつけねばならぬ。望佗藩の騒ぎを表沙汰にする前に仕掛けて闇に葬ると申され、策を講じておられます」

「万が一にも露見することはあるまいが事の成就を急ぐべき。すぐにも密かに江戸入りなされ、御当主を隠居に追い込み、公儀への届け出を出されるよう、とすすめているが」

青山監物は、ことばを切り、目を閉じた。決断しかねて、思案を重ねていることはあきらかだった。

小島要蔵は黙然《もくねん》と坐している。

「そうよな。この機を逃せば、すべてが水泡に帰するかもしれぬな」

青山監物がつぶやいた。おのれに言い聞かせるための独語《どくご》とおもえた。

小島を見据えた。

「篤円殿につたえよ。支度がととのい次第、江戸へ向かうとな」

「木更津に江戸で仕立てた小船をそのまま待たせてあります。これより江戸へ立ち戻り国家老様江戸入りのこと、篤円様にお知らせ申します」

「下屋敷へ直行し、時を置かず殿に隠居の引導を渡す所存。篤円殿には朝比奈幻八の処断、手早く仕遂げられよ。それが監物の望みだと重ねてつたえてくれ」

「承知仕りました」

小島が大きく顎を引いた。


早朝、湯島の粋月に勘助がやってきた。

「御家老がお呼びでございます。用件のほどは直接お聞きくださいませ」

幻八にそう告げた。

勘助とともに屋敷に戻った幻八を、若林頼母は意気消沈した顔つきで迎えた。

「昨夜、御老中酒井様の御使者が突然、書面を届けにまいられての。朝五つ半までに曲輪《くるわ》内《うち》の屋敷へ来られよ、との呼び出し状であった」

酒井雅楽頭は若林頼母の意を汲んで、清水家より直範を望侘藩へ迎えさせるための仲立ちをした人物であった。それだけに若林頼母にしてみれば、

「藩内の騒動が耳に入ったのではないか」

との不安がよぎったのは、無理ならぬことといえた。

呼び出しのこと以外は何も書かれていなかった。

勘助から森川外記の襲撃がうまく運んだことは聞かされている。が、逆に、それが若林頼母に、

「森川外記が襲われたことにたいする報復があるのではないか。ひとりでの外出など、とんでもないこと」

と恐怖を生じさせていた。

「御老中酒井様よりの呼び出し、是非にも出向かねばならぬ。わしの身を守り抜いてくれ。頼む」

みょうに弱腰になって幻八に頭を下げたものだった。

そして、いま……。

幻八は曲輪内の老中酒井雅楽頭の屋敷の従者控の間にいた。

接見の間へ呼ばれて小半刻（三十分）も立たないうちに、首を捻りながら若林頼母が控の間に入ってきた。幻八に身を寄せ、小声でいった。

「清水家には三男様もおられる。直範様が病がちならば、決して無理を重ねさせてはならぬ。何事も早手回しがよいのではないか、との御老中のおことばじゃ。どういう意味であろうか」

と問いかけてきた。幻八は、

「仲立ちした御老中の面子《メンツ》こそ大事。怪我をせぬよう、つつがなく。それが武士の処世術でござるよ」

そっけなく応えた。

若林頼母は黙り込んだ。ややあって、いった。

「怪我をせぬよう、つつがなく、か。なるほど、そうであったな。さすがに読売の文言書き、いいことをいう」

幻八は、にやりとして照れくさそうに鼻の頭を撫でた。


岳念寺の境内の裏手の林の中で、黒岩典膳は真剣の打ち振りを繰り返していた。このところ、日々一刻（二時間）から二刻（四時間）、行っていることであった。酒もほとんど口にしていない。長年に渡る自堕落な暮らしでなまっていた躰が、まじめに修行していた頃に近いところまでもどってきている。そのことを黒岩典膳は、はっきりと感じとっていた。

「いやに熱心だな」

背後から声がかかった。

動きを止め、振り返ると篤円が立っていた。

「道仁様は昏々と眠っておられる。診てもらった町医者には押し込んできた盗人にやられた、といっておいた」

「そうか、しかし、さすがにご住職だ。腕を切り落とされながらも、刺客が朝比奈幻八と見極めておられたのだからな」

そういって黒岩典膳が大刀を鞘におさめた。

「その朝比奈幻八の命、とらずにはおかぬ。これ以上の邪魔はさせぬ」

篤円が憎悪に目をぎらつかせた。その目つきを黒岩典膳は
（醜い）

とおもった。

顔を背けた。

篤円への嫌悪感が日増しに強くなっている。いまでは顔を見るだけで厭《いや》な気分になる。それでも岳念寺の寺侍をつづけているのは、町奉行の手の者から追われずにすむからであった。

篤円には、今までと変わらぬ様子で接するよう心掛けていた。浮世の裏道を歩きつづけてきた黒岩典膳が身につけた世渡りの知恵であった。

「俺に策がある」

篤円がいった。

「策？　今度はどんな悪知恵が湧いたのだ」

黒岩典膳はおもわず発した〈悪知恵〉ということばに、

（しまった）

と胸中で舌打ちした。弁の立つ篤円のことだ。何のかのと屁理屈を言い立てて面倒なことになる、とおもったからだ。案の定、

「悪知恵だと。どういう意味だ」

とつっかかってきた。

「深い意味はない。おれは悪さを重ねてきたが、篤円殿のような知恵のめぐりはなかった。あれほど知恵がまわれば、おれの生き様も変わったであろうにと常々おもっているのでな。気にさわったろうが失言、勘弁してくれ」

早く話を打ち切りたかった。そのためには謝るにかぎる。黒岩典膳は、正直、面倒くさくなっていた。この気分の悪さから脱するためには、何度頭を下げてもよい、とおもっていた。

「まあ、よかろう。それより武官隊を集めてくれ。集まり次第、出かけてもらう」

「わかった。どんなことをするのだ」

「朝比奈幻八を殺すための策に仕掛かるのさ。本所北割下水の朝比奈鉄蔵の屋敷で捨て子たちが養われている。鉄蔵は湯島の『粋月』に美女番付に格付けされた女たちの用心棒として詰めている。屋敷には妹と子供たちしかおらぬ」

「まさか子供を人質にとって、朝比奈幻八を呼び出し、罠にかけようというのではあるまいな」

「その、まさかだ」

「朝比奈幻八を討ち果たしたら、子供はどう扱うつもりだ」

「もちろん殺す。拐かした女たちの息の根もできるだけ早く止めたいくらいだ。だが、罌粟《けし》の投薬で頭がおかしくなった淫乱好きの直範が許さぬ。いうことをきかなかった女のひとりを無礼討ちにしたあと、従順になった女たちを気に入り、手出しできぬ有り様がつづいているのだ。後顧の憂いになる種は残すべきではない」

「殺すために子供をさらう。あまり好ましいことではないな」

篤円が嫌みたらしく黒岩典膳をのぞきこんだ。

「やきがまわったのではないか。情けなど無用。事を仕遂げるためには鬼にも蛇《じゃ》にもならねばならぬ。そうであろうが」

黒岩典膳は応えなかった。

「武官隊の面々を集めに行く。庫裏の、いつも会合に使う座敷で待っていてくれ」

それだけいって足を踏み出した。


深雪は台所で忙しく立ち働いていた。たとえ質素なものでも、子供六人分の夕餉の支度は、ひとりでは大変だった。

「母《はは》さん」

呼びかける声に振り向くと、お春が勝手口に立っていた。泣きべそをかいている。深雪はこのごろは自分のことを、

「母さん」

と呼ばせていた。母のない悲しみを、わずかでもやわらげてやりたい、とのおもいからやり始めたことであった。

「喧嘩でもしたの」

「万吉ちゃんが、連れていかれたの」

「何ですって」

仰天した深雪は、手にしていた包丁を俎板《まないた》に置くや表へ走った。

「母さん、表に怖い人が」

お春が叫んだ。深雪にその声は届かなかった。門の外へ飛び出していた。

駆け出た深雪の足が止まった。愕然と立ち竦《すく》む。目の前に見知らぬ武士が立っていた。

月代《さかやき》はきれいにととのえている。浪人とも見えなかった。配下とおもえる数人の武士が弥一たちをつかまえていた。

武士が懐から封書をとりだした。

「これを朝比奈幻八殿に渡してくれ。子供を返して欲しくば書付のとおりにしろ、と黒岩典膳がいっていたとつたえるのだ」

あえて名を告げたのは、書付を見れば相手が誰かわかると判じたからだった。

黒岩典膳は、

「此度は朝比奈幻八との最後の勝負。負けたら死ぬだけのこと」

と腹をくくっていた。女、子供を拐かし、その命を奪う。それほどまでしておのれの野望を果たそうとする篤円に愛想がつきかけていた。勝負に勝っても、篤円と行動をともにするかどうか、決めかねていた。『望佗藩剣術指南役』の座には、まだ未練があった。

差し出された封書を受け取り、深雪がいった。

「万吉は無事ですね」

「すべて朝比奈幻八殿次第だ」

黒岩典膳がいった。

「この封書が兄上の手元に届けばいいのですね」

「そうだ」

「お春」

後ろで、顔だけのぞかせて深雪の袖口を握りしめているお春が、深雪を見上げた。

「母さん」

その言葉を黒岩典膳が聞きとがめた。

「母さん、だと。みな捨て子ではないのか」

「いまはわたしが育てています。わたしが母さんです」

「……そうか。おまえが母さんか」

黒岩典膳はしげしげと深雪を見つめた。不思議な生き物でも見るような目つきだった。

ややあって、いった。

「そこの子供たちは返してやれ」

「は？　あの方は拐かす子供は多いほどよい、といっておられましたが」

弥一を押さえていた武士がいった。

「子供の面倒をみるのはおれたちだ。あの方は何もせぬ。ただ文句をいうだけだ。ひとりの方が何かと楽ではないのか」

武士たちが顔を見合わせた。

「それもそうですな」

問いかけた武士がいった。

「放してやれ」

武士たちが一斉に手を離した。弥一たちが、

「母さん」

と呼びかけ、泣きながら駆け寄ると、深雪にしがみついた。

黒岩典膳は、しばし、その光景を見つめていた。やがて、武士たちを見返って、

「引き上げるぞ」

と顎をしゃくった。

深雪がしゃがんだ。

「お春、この封書を湯島の『粋月』へ行って、父上に手渡しておくれ」

「湯島の『粋月』？　どこにあるの」

お春が不安げにいった。

「そうね。知らなかったのよね、『粋月』がどこか。そうだ。兄上が居る蛤町の」

「駒吉さんとこ。何度も母さんについていったから、行けるよ」

お春が目を輝かしてつづけた。

「わたし、駒吉さん、大好き。優しいし、綺麗だし」

「そう、優しい人ね。その駒吉さんのとこへ行って、この封書、兄上に渡してくれって頼んで、そして」

「そして」

「屋敷には誰もいないから、しばらく駒吉さんとこにいるようにって、母さんがいってた、とつたえて」

「母さん、どこへ行くの」

「万吉を迎えにゆくの」

「万吉を。行っちゃやだ。ひどい目にあうよ」

深雪を揺すった。

「行かなきゃならないの。わたしは万吉の母さんだから」

「母さん……」

「さ、駒吉さんとこへ急ぐのよ。お春はお姉ちゃんなんだから、みんなを守ってやらなきゃ、いいわね。みんなで手をつなぐのよ」

お春がうなずいた。一番年下の伊作の手をとった。

深雪がお春の向きを返させた。

「さ、行くのよ」

お春の背を押した。

お春たちが蛤町へ向かって歩いてゆくのを見届け、深雪は振り向いた。黒岩典膳らが去った方へ走った。

五

駒吉はお座敷に出る支度をととのえて表へ出た。

「駒吉さん」

かけられた声に振り向くと、お春たちが手をつないだまま駆け寄ってきた。

「みんなして、どうしたのさ」

まとわりついたお春たちを見回していった。

お春が握りしめた封書を差し出していった。

「これ、幻八おじさんに渡して。それと、母さんが」

「母さん？」

はっ、と気がついて、

「深雪さんのことだね」

お春がうなずいた。

「母さんが、しばらく留守にするから、駒吉さんとここにおいてもらえって」

駒吉が訝《いぶか》しげな表情を浮かべた。

次の瞬間……。

異変を感じとっていた。

「万吉ちゃんがいない。どこへいったんだい。何かあったんだね」

突然、お春が泣き出した。つられて伊作たちもしゃくりあげた。

「万吉ちゃん、知らないお侍さんに連れていかれたの。母さん、その人たちを追いかけて行っちゃった」

「何だって」

駒吉が表戸を開けて奥へ声をかけた。

「お種さん、ちょっと来ておくれ。お座敷どころじゃなくなったんだよ」

「まだついてきますよ」

武官隊のひとり、笹川達平《ささがわたつぺい》が後ろを振り返っていった。

「邪魔くさい。脅しますか」

「ほっておけ。脅してもついてくるさ」

黒岩典膳が応えた。

「人質が増えますな」

「好きでやっていることだ。承知の上のことだろうよ」

あの女は万吉と一緒に殺されても後悔はしないはずだ、と黒岩典膳はおもった。

「わたしが母さんです」

毅然として言い切った深雪の顔が脳裏に浮かんだ。

黒岩典膳は母の顔を知らなかった。代々浪人で貧乏暮らしだった父に愛想をつかして、赤子だった典膳を捨てて行方を眩《くら》ました、と何度も聞かされてきた。

「母さん、か」

黒岩典膳がぼそりとつぶやいた。そのつぶやきを笹川が聞きとがめた。

「何か」

「いや、何でもない。子供を連れ去った連中に追いつく。急ぐぞ」

黒岩典膳は足を速めた。

幻八は湯島の粋月の出入り口近くの、廊下の上がり端《はな》にいた。血相変えて駆け込んできた駒吉の手から封書をひったくり、開いて一気に読みすすんでいる。

読むうちに幻八の顔が、みるみる険しくなった。読み終わり、

「畜生め、汚い手ぇ使いやがって」

書面を握りしめた。

「おまえさん、どうするのさ、深雪さん、黒岩とかいう奴についていっちまったんだよ」

「黙っていろ。いま、考えてるんだ」

幻八が怒鳴った。

あまりの剣幕に駒吉が黙り込んだ。

「見せろ」

声がかかると同時に、幻八の手から書面が奪いとられていた。

はっ、と見やった先に、いつ傍《かたわら》に来たのか書面に目をとおす鉄蔵がいた。五助ものぞき込んでいる。

「先年来の決着をつけたい。塩入土手近くにある廃寺、西伝寺《せいでんじ》へひとりで来い。来ぬときは拐かした子供を殺す。朝比奈幻八殿。差出人は、ご存知、とあるのみ。

心当たりがあるのか」

鉄蔵が問いかけた。

「ある。救民講を仕掛けた篤塾の主宰檜山篤石に違いない」

五助が口を挟んだ。

「檜山篤石だと。お手配中の者ではないか。き奴、いま、どこにいるのだ」

「篤円と名を変え、客僧として望佗藩の江戸における菩提寺、岳念寺にいる」

「檜山篤石め。望佗藩の騒動にも、からんでいるというのか」

声を高めた五助に、無言で幻八がうなずいた。呻くようにいった。

「おれは、甘い。まだまだだ。迂闊《うかつ》だった。相手は檜山篤石だ。どんな汚い手でも使う奴だと推断できた」

「繰り言をいうな。向後、どう戦うか。いまは、それだけを考えよ」

鉄蔵がいった。厳しい声音だった。

「わかっているよ」

幻八が応えた。ふてくされたものが混じっていた。

「やることはひとつ、とわかっているさ」

「ひとりで来い、と書いてあるぞ。来ねば子供の命を奪う、と」

鉄蔵が告げた。

「おまえさん、深雪さんのこった。西伝寺までついていったに決まってるよ。殺されちゃうよ」

「わかっているよ。あいつはいつもこうだ。ひとつのことに夢中になると何もかも見えなくなっちまう。面倒臭えったらありゃしねえ。けどよ、何とかしなきゃならねえじゃねえか。いま、いい手はねえか、考えてるんだ」

幻八が苛立った声を上げた。

「ひとりで来い、といわれたのだ。のこのこと出かけていくしか手はあるまい」

「朝比奈の叔父さん、それじゃ、幻八に死ねといっているようなもんじゃないですか。檜山篤石は悪党だ。何重にも罠を仕掛けて、てぐすねひいて待っていますよ」

五助がいいにくそうに、もごもごとした口調でいった。

「ひとりでいく。いまは、それしかないのだ、幻八」

諭すような鉄蔵の物言いだった。

「まずは、やってみる。それが『幻八流』兵法だった。西伝寺へいきゃあ、何とかいい手もみつかるさ」

幻八は不敵な笑みを浮かせた。

塩入土手からたんぼ道へ抜けたところに林があった。その林に囲まれるようにして、荒れ果てた西伝寺があった。先代の住職が盗人に殺されて以来、

「坊主の幽霊が出る」

と噂が立ち、そのまま放置されて数年になる。

その西伝寺の、戸襖も扉も朽ち果てて吹きさらしとなった本堂に、坊主がいた。ひとりではない。身なりをととのえた武士たちが居流れていた。坊主は篤円であり、武士たちは黒岩典膳にひきいられた岳念寺の武官隊の面々だった。なかに望侘より急ぎ立ち返った小島要蔵の姿もあった。

本堂の、埃だらけの不動明王の木像が置かれた須弥壇《しゅみだん》の傍に、万吉の肩を抱いた深雪が座っていた。縛られていない。

「女と子供だ。逃げられる心配はない。縛らずともよい」

との黒岩典膳の一言で為されたことであった。

黒岩典膳が深雪に声をかけた。

「罠とわかっている。幻八は来ないかもしれぬぞ」

「兄上は必ず迎えに来ます。そういうお人です」

「来ぬときは死ぬことになるぞ」

「覚悟はできております」

「ついてくることはなかったのだ。こうなることは、端からわかっていただろうに」

「わたしは万吉の母さんです。万吉が危ない目にあっているのを知りながら、見過ごすわけにはいきませぬ」

「なぜだ」

「我が子の命が危うければ、まずは自分の命を賭けて子を守る。力及ばず死ぬるときは、まず自分の命を投げ出す。それが母というもの」

「母さん」

恐怖にかられたのか、万吉が深雪にしがみついた。その肩を強く抱き、深雪がいった。

「わたしは万吉の母さん。我が子のためになることならば、母には恐れるものは何もありません」

黒岩典膳がじっと深雪を見つめた。独り言のようにつぶやいた。

「母は命がけで我が子を守る、か。それが母というものか」

視線を宙に泳がせた。遠くを見ているような目だった。深雪は、そんな黒岩典膳を凝っと見ている。

「遅いな」

刀を手にした篤円が黒岩典膳に話しかけた。

「来るさ、必ず。朝比奈幻八は、敵に後ろを見せる男ではない」

「何かと扱いにくい、世渡り下手な奴だ。あれだけの腕の持ち主、うまく立ち回れれば、百石ほどの禄高なら、藩士の列にくわえる大名もすぐにもみつかるであろうに」

「そうさな。そうかもしれぬな」

黒岩典膳は相槌をうった。外へ目を向けた。

突然……。

本堂近くに立つ大木の後ろから、ふたつの黄金色の玉が現れ、闇を飛んで迫ってきた。

「化け物」

気づいたのか小島要蔵が驚愕の叫びをあげた。黒岩典膳も篤円も驚愕の目を剝き、見やった。

黄金色の玉とみえたもの。それは漆黒の毛並みの猫であった。須弥壇にしたたかに激突し、けたたましい叫び声をあげた。その声に重なるように本堂の入り口近くで絶叫があがった。

棒立ちとなっていた篤円らが振り返った。斬り込んだ幻八が、右に左にと刀を振るっていた。不意を疲れた武官隊の面々が相次いで倒れた。

「おのれ」

大刀を抜き放ち、斬りかかろうとした黒岩典膳が動きを止めた。

突然闇の中からひとりの武士が白刃を片手に斬り込んできた。手近なひとりを斬り捨てて声高にいった。

「幻八、深雪。助けにきたぞ」

朝比奈鉄蔵が八双にかまえて歩み寄り、幻八と背中を合わせた。

「父上、つけてこられたのは知っておりましたぞ」

幻八が告げた。

「朝比奈鉄蔵、久々に腕を振るえる。この胸が高鳴っている」

いうや鉄蔵が斬り込んだ。小島要蔵と激しく斬り結ぶ。ぶつけあった鎬から火花が飛び散った。さらに二打ち、三打ちと渡り合った。四度打ち合ったとき、小島要蔵の大刀が真っ二つに折れ、弾け飛んだ。

折れた刀を手にした小島要蔵が鉄蔵に迫った。

「くそっ、死んでたまるか」

小島要蔵が刀を投げつけた。鉄蔵が叩き落とした。小島要蔵は、次なる攻撃を仕掛けてこなかった。背中を丸めて逃げ出そうとした。

「裏切り者」

吠えた篤円が一跳びし、小島要蔵の背中を深々と斬り裂いた。小島要蔵は断末魔の叫びを上げて倒れた。

幻八の前には黒岩典膳が立ちふさがっていた。睨み合っている。笹川達平が横から斬りかかってきた。幻八が刀を横に払って避けた。

「手を出すな。一対一の、堂々の勝負を挑んでいるのだ。邪魔をしたら味方でも斬る」

黒岩典膳の声に武官隊の面々が顔を見合わせ、鉄蔵へ向かっていった。

鉄蔵は強い。武官隊を次々と斬り伏せて行った。

幻八と黒岩典膳は相正眼でたがいに間合いを詰めた。

「腕をあげたな、黒岩典膳。前の立ち合いとは大違いだ」

幻八がいった。

「今度は負けぬ」

黒岩典膳が斬りかかった。

打ち合って、位置が入れ替わった。

さらに睨み合った。

と……。

「それまでだ」

篤円の声がかかった。

見ると、篤円が万吉を抱きかかえた深雪の襟首をつかみ、刀を突きつけていた。

「ふたりとも刀を捨てろ。さもないと殺す」

幻八と鉄蔵が顔を見合わせた。

ともに刀を足下においた。

篤円が満面に勝ち誇った笑みを浮かべた。が、次の瞬間、呻き声を発していた。

その顔は苦痛に歪んでいる。脇腹に、背後から大刀が深々と突き立っていた。篤円が深雪に突きつけていた刀が奪い取られた。

篤円が背後を振り返った。間近によく見知った顔があった。

「黒岩、典膳。なぜ、だ」

「きさまのあくどさには反吐《へど》がでるぜ。折角の勝負を汚いやり口で邪魔しやがって。腹の虫がおさまらねえ」

大刀を抜き取り、蹴り倒した。篤円は前屈《かが》みに倒れた。すでに絶命しているのか、身動きひとつしなかった。

黒岩典膳が、呆気《あっけ》にとられている武官隊の面々に告げた。

「金主《きんしゅ》は死んだ。武官隊は解散だ」

ざわめきが上がった。笹川達平がわめいた。

「俺は逃げる」

脱兎の如く外へ走り去った。それがきっかけだった。残る武官隊の面々が後につづいた。

「父上、兄上」

「深雪、万吉」

駆け寄った深雪と万吉の肩を鉄蔵が抱いた。

大刀を拾いあげて、幻八が黒岩典膳にいった。

「勝負はどうする」

「気が抜けた。止めにせぬか」

「止めてもよい。ただし、ひとつだけ、やってもらいたいことがある」

「おれにできることか」

「できる」

「なら、引き受けよう」

「望佗藩下屋敷の案内役を頼む。ぜひにも女たちを助け出さねばならぬ、このとおりだ」

　幻八が頭を下げた。


　望佗藩下屋敷の奥の座敷では当主直範の襟元を摑んだ青山監物が、いま、まさに喉元に脇差を突き立てようとしていた。

「なぜだ」

　恐怖に目を見開いて直範が喘《あえ》いだ。

「殿には過ぎた御乱行。急な病にて亡くなられることこそ、望佗藩の行く末のため。後は元々の藩主たる青山家の血筋を次ぐ私めが藩主となり、望佗藩を守り抜きます る」

「おのれ。奸臣。不忠者め」

「まいる」

　青山監物が直範の喉に小刀を深々と突き立てた。

遠巻きにしていた伴野七蔵たちの間にどよめきが上がった。

と、戸襖が蹴り倒され黒い影が乱入した。

やおら大刀が一閃され、切り落とされた青山監物の首が宙に飛んだ。

壁に激突し、派手な音を立てて落ちた。

一瞬の出来事であった。

「国家老」

「青山様」

あまりの早業に茫然自失、金縛りにあったかのように坐していた伴野七蔵たちは、あわてて青山監物ににじり寄った。首から血を吹き上げたまま青山監物は座っていた。ぐらり、と躰が揺れた。倒れかかった首のない青山監物の死体を支えて、一同はその場にへたり込んだ。

女たちが裏門へ向かって走っていく。先導しているのは黒岩典膳であった。少し遅れて、青山監物の血を吸った大刀を下げた幻八がつづいた。

裏門を走り出た幻八は愕然と立ち尽くした。

目の前に馬に跨った遠山金四郎がいた。傍らに石倉五助が控えていた。数十人以上の捕り方が居流れている。大捕物の布陣といえた。御用の文字が躍る長提灯が十数本、高々と掲げられていた。

「美女たちを拐かした一味を、このあたりで見かけたという通報があってな。出張ったのだ」

「それは御苦労さまでございます」

幻八が頭を下げた。

遠山金四郎が鞭《むち》で指し示した。見ると、その先に、五助に向かって両の手首を交差して掲げた、黒岩典膳が座っていた。

「幻八、こやつ、何者だ。女たちから聞けば、拐かしの一味だったが助け出してくれた、といっておるが。いきなりお縄頂戴とは事情がわからぬ。わしは困っておるのじゃ。悪の一味が女たちの救出に一役買うともおもえぬでな」

遠山金四郎が幻八に問いかけた。その顔に笑みがあった。目に慈《いつく》しみの光が宿っている。

幻八は、はっと、さとった。

黒岩典膳を一瞥《いちべつ》してこたえた。

「この者は私めの依頼を受け、悪の一味にもぐりこんでいた者。見た目は悪党面でござるが、なかなか気のいい男でござる」

「連れて帰るがよい」

さらに五助を見やって告げた。

「石倉、女たちから調べ書きをとり、住まいまで送りとどけてやれ」

「委細承知」

五助が頷いた。

「引き上げる」

馬上で遠山金四郎が下知した。


遠ざかっていく北町奉行所の一行を、幻八と黒岩典膳が肩をならべて見送っている。

典膳が、声をかけてきた。

「なぜおれを助けた。後悔することになるぞ」

幻八が応じた。

「分かっている。今一度、勝負するか」

うむ、と典膳が首を捻った。

「どうした」

問いかけた幻八に典膳がこたえた。

「今は気がすすまぬ」

「気がすすまぬ、とは」

「おれは母の顔を見たことがない。が、今日、母の幻影を見たのだ。命がけで我が子を守ろうとする母の姿を」

「母の姿を」

訝しげな視線を向けた幻八に、典膳が、ふっとはにかんだような笑みを浮かべた。

夜空を見上げる。

無数の星が煌めいていた。

「いまは、母と触れ合っていたい気分なのだ。勝負は、いずれということにしてくれ」

「おぬし……」

向けた幻八の目が、無心に星を見つめている典膳の顔をとらえた。

いままで見たことのない、優しげな典膳が、そこにいた。

おもわず幻八も、星を見つめていた。

しばしの沈黙があった。

幻八が口を開いた。

「承知した」

「いずれ、そのうちに」

星に目を注《そそ》いだまま、典膳がこたえた。

「おれは行くぞ」

無言で典膳が頷く。

幻八が足を踏み出した。

少し行って、振り返る。

典膳は、身じろぎもせず星空を眺めている。

おもわず幻八は、笑みを浮かべていた。

向き直り、歩き始めた。


満月が夜空に煌めいている。仙台堀の水面に月明かりが映えて揺れていた。

幻八と駒吉は堀端の柳の木の根元に座っていた。掻巻《かいまき》を羽織っている。

「子供たちをもう一晩泊めてやるなんていうから、こんな目にあうんだ」

幻八が不満そうな声をあげた。

「だって、しようがないじゃないか。おまえさんのお父っつぁんは仮眠つづきの用心棒ぐらしで疲れてらっしゃるだろう。一晩ぐらい、深雪さんと親子水入らずで休ませてやりたいとおもったのさ」

駒吉が掻巻の襟をかきあわせながらいった。

「お種さんの作ってくれる食い物がうまいって、万吉たち喜んでたな。深雪のつくる菜は、あんまり感心できねえ。正直なのさ、子供は」

「でもさ、嬉しいよ」

「何が」

「あたしがさ、ふたりきりになりたいっていったら、つきあってくれてさ」

「久し振りだしな」

一陣の風が吹き、枯れ葉を舞い上げて散らした。

「それにしても寒いなあ」

ぶるる、と体を震わせて、幻八も掻巻の襟をかきあわせた。

駒吉が胸にしなだれかかって、幻八を見上げた。

「温めてあげようか。あたしの掻巻と、おまえさんの掻巻を重ね合わせてひとつにするのさ。温かくなるよ。ぴったりと躰を寄せ合ってさ」

「人が見るぜ。照れくせえよ」

「この夜更けだ。誰も見ちゃいないよ。ねえ」

「なんだよう、窮屈じゃねえか」

「ほら。温かくなったろう」

「違《ちげ》えねえや」

幻八と駒吉は重ねあわせたひとつの搔巻にくるまっていた。

見上げると、ふたりの姿をできるだけ闇に溶け込ましてやろうとの心遣いか、群雲《むらくも》が、煌めく満月を少しずつ隠して、やがて、すっかり覆い尽くした。

コスミック・時代文庫

聞《き》き耳幻八《みみげんぱち》 暴《あば》き屋侍《やざむらい》
美女番付

2025年4月25日　初版発行

【著 者】
吉《よし》田《だ》雄亮《ゆうすけ》

【発行者】
松岡太朗

【発 行】
株式会社コスミック出版
〒154-0002 東京都世田谷区下馬 6-15-4
代表　TEL.03(5432)7081
営業　TEL.03(5432)7084
FAX.03(5432)7088
編集　TEL.03(5432)7086
FAX.03(5432)7090

【ホームページ】
https://www.cosmicpub.com/

【振替口座】
00110-8-611382

【印刷／製本】
中央精版印刷株式会社

ISBN978-4-7747-6643-0 C0193